APPRIVOISÉE PAR LA BÊTE

PROGRAMME DES ÉPOUSES
INTERSTELLAIRES: TOME 8

GRACE GOODWIN

Apprivoisée par la bête

Copyright © 2018 by Grace Goodwin

Tous Droits Réservés. Aucune partie de ce livre ne peut être reproduite ou transmise sous quelque forme ou par quelque moyen que ce soit, électronique ou mécanique, y compris photocopie, enregistrement, tout autre système de stockage et de récupération de données sans permission écrite expresse de l'auteur.

Publié par Grace Goodwin as KSA Publishing Consultants, Inc.
Goodwin, Grace

Apprivoisée par la bête

Dessin de couverture 2020 par KSA Publishing Consultants, Inc.
Images/Photo Credit: Deposit Photos: _italo_, ralwel

Note de l'éditeur :
Ce livre s'adresse à un *public adulte*. Les fessées et toutes autres activités sexuelles citées dans cet ouvrage relèvent de la fiction et sont destinées à un public adulte. Elles ne sont ni cautionnées ni encouragées par l'auteur ou l'éditeur.

BULLETIN FRANÇAISE

REJOIGNEZ MA LISTE DE CONTACTS POUR ÊTRE DANS LES
PREMIERS A CONNAÎTRE LES NOUVELLES SORTIES, OBTENIR
DES TARIFS PREFERENTIELS ET DES EXTRAITS

Cliquez ici

1

Tiffani Wilson, Centre de Recrutement des Epouses Interstellaires, Terre

MES SEINS se pressent contre le mur froid et lisse tandis qu'il me pénètre par derrière. Je sens son torse contre mon dos, c'est un choc. Il est grand, il doit mesurer plus de deux mètres, aucun amant, même lorsque j'étais mince, n'a réussi à me dominer, à me manipuler, à me faire sentir... petite. Jamais. Pas à ce point.

Il est immense, un vrai géant. Je jette un œil à l'énorme main qui maintient mes poignets contre le mur au-dessus de ma tête. Ses biceps durs comme de l'acier font facilement la taille de ma cuisse. Tout comme sa bite qui me dilate et me pénètre, à la limite du supportable.

« Mienne. » Ce n'est qu'un borborygme mais mon vagin se contracte en guise de réponse. Sa pénétration est torride, du désir à l'état pur.

Du désir ? Personne ne m'a jamais désirée ; je suis

trop grande, trop grosse pour qu'un homme ait le dessus. Mais là ? *Lui* ?

Il me pénètre par de violents coups de hanches, me pilonne comme un conquérant. Inlassablement. Mon corps est parcouru de secousses, j'essaie de m'agripper au mur, sans succès. Ses mains enserrent mes poignets, son sexe profondément enfoncé en moi empêche tout mouvement. Je savoure chaque minute, je flotte dans un océan de plaisir et de désir, je m'abandonne. Je vais jouir. Il s'arrêtera quand je serai parvenue à mes fins.

Oui. Je lui appartiens. Je sais qu'il est à moi. Il faudrait que je voie à quoi il ressemble mais je m'en fiche, pas avec ses mains sur mon corps et son membre dressé entre mes jambes.

« Ne bouge pas. » L'ordre est un grondement sourd, je relève la tête tandis qu'il relâche mes poignets. Je n'avais pas remarqué ces étranges bracelets métalliques ? Ils mesurent environ dix centimètres de largeur et sont ornés d'un motif en or, argent et platine. Impossible de me concentrer, sa bite me distrait au plus haut point.

Je halète à chaque coup de hanche, son membre raidi me coupe le souffle.

J'essaie de lever mes poignets pour changer de position mais ils sont étroitement attachés et reliés à un anneau fixé au mur. Inutile que je tire dessus, savoir que je ne peux pas bouger m'excite encore plus. Un son qui m'est inconnu s'échappe de mes lèvres. Mon compagnon semble apprécier cette preuve flagrante de soumission, il grommelle une réponse, approche sa bouche de ma nuque tout en continuant de me pilonner, assez pour me rendre folle mais pas suffisamment pour me faire jouir.

« Je t'en supplie. » C'est moi qui suis en train de supplier ? Bon sang *oui*, je le répèterai tel un mantra jusqu'à ce qu'il m'accorde ce que je demande.

En guise de réponse, l'homme derrière mon dos, mon partenaire, pose ses mains sur mes cuisses et les écarte en grand, il me soulève jusqu'à ce que mon front appuie contre le mur tandis qu'il me pénètre violemment, son allure effrénée me mène peu à peu au paroxysme.

Le son humide de la baise, le frottement de la chair, résonne à mes oreilles, tandis que me parvient son souffle saccadé.

C'est la première fois qu'on me prend comme ça, les jambes écartées de force, la chatte grande ouverte, totalement à sa merci. Ça m'excite d'être obligée d'obéir, d'accepter ce qu'il me donne, je le supplie. De me toucher. De me mordre. Tout ce qu'il voudra. Pourvu que je jouisse.

J'ignore où je me trouve et qui il est mais je m'en fiche. Il m'appartient. Mon corps le sait, il a intégré cette donnée, il pétrit mes seins et je ne peux rien y faire. Loin de moi cette idée.

« Encore. » Mon corps, moi, le supplions d'accélérer l'allure. J'ai vraiment envie, j'ai besoin, c'est vital, de cette douleur, de cette intensité, pour jouir sur sa queue. C'est un désir profond, je n'en ai encore jamais parlé à personne, mais il en a conscience.

« Non. » Sa voix grave semble plus animale qu'humaine et je sais, si je me retournais, que ce n'est pas un humain que je verrais derrière moi mais autre chose, un être... différent. Cette idée me fait frissonner et je serre les poings, je prends appui sur le mur pour m'empaler encore plus profondément sur sa bite. J'ai encore envie. Je l'avoue.

« Encore. S'il te plaît. » Je ne reconnais pas ma voix mais je m'en fiche. J'ai l'air désespérée, en manque, c'est exactement ce que je ressens.

Il me pilonne plus violemment et plus profondément, il touche mon col de l'utérus et une douleur aigüe me submerge. Je tressaille, appuie ma tête sur son épaule et enroule mes mollets autour de ses cuisses, pour l'attirer plus profondément en moi, j'en ai trop besoin.

Mes jambes autour de lui, il délaisse mes cuisses pour toucher mes seins. Il s'enfonce imperceptiblement à chaque mouvement de hanche, son sexe pénètre plus profondément au moindre changement de position. Il me contraint à rester immobile, à le chevaucher tandis qu'il pince et tourmente mes tétons, il tire douloureusement dessus jusqu'à ce que je me contorsionne. Mon vagin se contracte sur son énorme membre et je tressaille afin qu'il accélère le rythme.

« Mienne. »

Bon sang. Il ne sait dire que ça ? Il va me le répéter en boucle ?

« Mienne. »

Pourquoi est-ce qu'il n'arrête pas de dire ça ?

Ce corps semble savoir, semble exactement comprendre ce dont j'ai besoin. « Oui. Oui. Oui. »

Ses coups de boutoir se font à chaque fois plus violents, comme si mon affirmation lui faisait perdre le peu de sang-froid qui lui restait.

Il pose sa main sur mon clitoris et je pousse un cri de

soulagement, mais il se contente de la laisser là, sans me toucher.

Les menottes me font mal tandis que j'essaie de lever les bras, d'onduler des hanches pour le forcer à me toucher selon mes désirs.

Il émet un rire de gorge et je sais, je *sens* que l'individu qui se trouve derrière moi est si immense, si géant, que je me sens toute petite en comparaison. Il m'excite, il le fait exprès pour que je le supplie.

« Je t'en supplie. »

Une main sur mon clitoris, l'autre dans mes cheveux, il tire ma tête en arrière, mon cou est délicieusement offert. « Partenaire. »

Ses lèvres chatouillent mon oreille et je frissonne à l'évocation de la promesse sensuelle que contient ce simple mot. Oui. J'ai envie de lui. Il m'appartient. Pour toujours. J'humecte mes lèvres, enfin prête à libérer les paroles qui viendront à bout de son sang-froid. « Baise-moi, partenaire. Possède-moi. »

Un frisson parcourt sa poitrine et son bras. Son corps frémit, son sang-froid vole en éclats. Il me tient toujours par les cheveux, ses vigoureux coups de hanche me font flageoler, il me pilonne comme une machine, violemment, rapidement, inlassablement.

Il se retire presque entièrement, je me baisse - la gravité faisant son ouvrage - et m'empale sur sa bite grâce au poids de mon propre corps, cette pénétration rapide m'arrache un gémissement.

Ma capitulation doit être le facteur déclenchant puisqu'il se met à branler rapidement mon clitoris, comme j'aime.

La tête rejetée en arrière, j'oublie tout, je surfe la vague des sensations tandis qu'il me baise comme si j'étais la seule femme au monde, comme s'il n'en aurait jamais assez. Comme s'il allait mourir s'il n'éjaculait pas en moi, s'il ne me possédait pas.

Je me sens femme, toute puissante. Belle. Je ne me suis jamais sentie belle. Je me distrais l'espace d'un instant, il lâche mes cheveux et m'assène une claque cul nu.

Je sursaute, mon vagin se contracte sur sa bite. Je gémis. Il gémit.

Il me frappe encore, il sait que j'aime quand ça fait mal.

Pan !

Va. Et vient.

Pan !

Pan !

Il me frappe jusqu'à ce que la douleur se propage tel un feu de brousse, dévastant tout sur son passage.

Je ne pense plus à rien, je n'arrive presque plus à respirer, il s'arrête enfin. Il se retire doucement de ma vulve gonflée, si doucement que chacun de ses mouvements semblent durer une éternité, pour mieux me pénétrer. Une fois bien au fond, son corps luisant de sueur se plaque contre mon dos, il m'emprisonne, passe ses bras autour de mes hanches, branle ma chatte.

« Jouis, maintenant. »

Il effleure mon clitoris de haut en bas du bout des doigts, la douce caresse me fait partir en tilt, il écarte ma vulve des deux doigts et astique et titille mon clitoris de l'autre main. Il était brutal, le voici devenu doux. Il est l'un et l'autre. Il peut être *les deux*.

Je perds le sens des réalités tandis que l'orgasme déferle. J'entends une femme hurler au loin, je sais que c'est moi mais je nage dans un océan de sensations, retenue par mon partenaire. Il me tient, m'empêchant de tomber, il veille sur moi tandis que je ne fais que prendre sans rien donner en échange.

Mon corps est secoué de soubresauts de plaisir, je suis dans un état second, légèrement désorientée. Je ferme les yeux, je respire de façon saccadée tandis que les spasmes qui me parcourent finissent par baisser d'intensité, mes muscles tendus se relâchent. Soudain, j'ai froid, je ne sens plus la chaleur de mon partenaire derrière moi.

Paniquée et hésitante, je cligne des yeux devant la lumière vive d'une salle d'examen. Je suis allongée sur un drôle de lit, une femme me regarde d'un air inquiet. J'essaie de me frotter le visage et les yeux mais je n'y arrive pas, mes poignets sont attachés à une sorte d'immense fauteuil de dentiste.

Je regarde mon corps. Je porte une blouse d'hôpital de couleur grise ouverte derrière. Je suis nue, mes fesses et mes cuisses trempées témoignent de mon excitation. Je suis à Miami, au centre des épouses extraterrestres. J'ai atterri ici hier soir, après avoir balancé à mon patron en plein restaurant à Milwaukee qu'il n'avait qu'à aller se faire foutre, je suis partie en plein boulot. Ça m'a fait un bien de dingue.

J'ai vidé mon compte en banque pour acheter ce foutu billet d'avion mais je m'en fiche. J'ai besoin de changement. Et pas qu'un peu. Hors de question que je refoute un pied là-bas.

« Mademoiselle Wilson, tout va bien ? » La femme se tenant devant moi porte un uniforme gris anthracite et un étrange insigne bordeaux sur la poitrine. Ça me revient, c'est la Gardienne Egara. Elle est plutôt sympa et très professionnelle, j'apprécie. En général les gens s'affolent devant ma taille, même le médecin.

La gardienne est une belle femme mince, tout le contraire de moi. Les mecs doivent se bousculer au portillon pour la voir à poil et la faire jouir.

Et moi ? Les mecs me demandent de promener leurs chiens et de leur apporter leur café. L'orgasme que je viens d'avoir ? C'est le premier depuis que j'ai quitté le lycée. Je n'ai pas eu beaucoup d'amants et pas un seul assez costaud pour me prendre par derrière. Ou savoir exactement comment me toucher, comment me mener au paroxysme, s'occuper de moi.

Je regarde autour de moi mais je n'arrive pas à oublier cette énorme bite qui m'a pénétré et m'a fait mal, ces énormes mains grâce auxquelles je me suis sentie belle et petite... comme si je lui ressemblais... à elle. Cette autre 'moi', ce 'moi' sans existence propre, une pure illusion. Tout comme *lui.*

« Mademoiselle Wilson ? » La gardienne se penche et m'observe, je n'ai pas vraiment besoin de ça en ce moment, mon cul trempé colle au fauteuil, la faute à mon excitation.

« Très bien. » J'essaie de rajuster la blouse qui m'arrive à mi-cuisse mais les sangles m'en empêchent. Bon sang.

« Vous en êtes sûre ? Le processus d'accouplement peut s'avérer très ... intense. »

C'est ça ces orgasmes de dingue ? Intense ? Et ben putain, pour être intense, c'était intense. Une autre tournée svp.

Elle a l'air sympa, j'ai envie de tout lui raconter. Bon sang, j'aimerais lui poser une question un peu osée mais je n'ose pas. Je n'ai pas le courage. Sa réponse me terrorise. J'esquisse un sourire factice. « Oui. Parfaitement.

– Excellent. » Elle sourit, visiblement satisfaite et apparemment convaincue par mon sourire de circonstance que je ne vais pas faire une attaque ou devenir amnésique. Elle n'a visiblement jamais dû servir des tablées de gosses qui dégobillent ni des ivrognes complètement idiots. Je peux supporter un stress bien plus grand. Un stress dû à l'orgasme ? Ouais, c'est pas du stress ça. C'est... étourdissant.

J'essaie de me relaxer. Je m'allonge dans le fauteuil et compte en inspirant. Quatre inspirations, quatre expirations. C'est comme ça que je fonctionne.

La salle est blanche, aseptisée, on se croirait aux urgences, pas dans un centre de recrutement des épouses. Je suppose que les choses se passent différemment lorsqu'on s'enrôle en tant qu'épouse extraterrestre.

Elle effleure une petite tablette, trop rapidement pour que j'arrive à lire quoi que ce soit et franchement, je m'en fiche, tant que ce stupide accouplement fonctionne. J'en ai aucune idée d'ailleurs.

« Ça a marché ? J'ai un partenaire ? » Je jurerais que mon cœur s'est arrêté dans l'attente de sa réponse.

« Oh, oui. Bien sûr que oui. »

Je frissonne et pousse un long soupir qui résonne à mes oreilles, elle pose sa main sur mon épaule en guise de sympathie. « Excusez-moi, je n'avais pas évalué l'ampleur de votre inquiétude. Vous êtes affectée sur Atlan. »

Je connais Atlan ni d'Eve ni d'Adam, mais ça n'empêche pas l'espoir d'envahir mon cœur tel un feu de joie. J'ai un partenaire. Bon sang de bonsoir. « Et ce truc d'accouplement ... vous êtes sûre que l'extraterrestre voudra de moi ? Vous êtes sûre que ça marche ?

– Absolument. » Elle me tapote l'épaule et se concentre à nouveau sur sa tablette.

« Même une fille comme moi ? » Merde. Ma peur la plus profondément ancrée a franchi la barrière de mes lèvres. Je me mords la lèvre, espérant ne rien avoir divulgué d'autre.

Elle stoppe net et croise mon regard. « Que voulez-vous dire par 'une fille comme moi' ? Vous êtes mariée ? On vous a posé la question, vous avez répondu sous serment. Je ne peux pas vous enrôler si vous avez menti. »

Mariée ? J'aimerais bien.

Je soupire. Bon sang. Je vais devoir le lui répéter combien de fois ? C'est pas les propositions qui doivent manquer avec sa taille 36 et son bonnet C. J'observe ses yeux gris inquiets et décide que oui, je vais encore devoir me répéter. Bon sang. J'inspire profondément et prends mon courage à deux mains. Je crache les mots le plus rapidement possible. « Des filles comme moi. Grandes. »

Elle arque les sourcils, surprise, détaille rapidement ma stature imposante et examine mon visage. J'adore son sourire. « Votre taille n'est pas source d'inquiétude sur Atlan, ma chère. Vous êtes légèrement petite par rapport à un seigneur de guerre Atlan, mais vous êtes sa partenaire. Vous allez vous entendre à merveille. »

« Trop petite ? » Elle se fout de ma gueule ? Je m'habille au rayon grandes tailles depuis que je suis au lycée.

« Les femmes Atlan mesurent au moins vingt centimètres de plus que les Terriennes, les Atlans ont besoin de femmes fortes pour les dompter.

– Que voulez-vous dire par 'dompter' ?

– Ce ne sont pas des humains, Tiffani. Les guerriers Atlan cohabitent avec leur bête. La bête surgit lors d'un combat ou lorsqu'ils ont envie de baiser. Imaginez toute une planète peuplée d'hommes semblables à l'Incroyable Hulk. Vous êtes légèrement plus petite que la moyenne, la force ne réside pas uniquement dans le physique, mais également dans mental. Vous êtes parfaite. »

Je repense à cette énorme main agrippant mes poignets, à cette énorme bite qui me dilatait, à cette immense poitrine contre moi…

Je frissonne d'excitation. Oui. J'ai envie de remettre ça. Si l'Atlan ressemble à ça, le jeu en vaut la chandelle. Absolument. « Ok. Je suis prête. »

Elle glousse. « Pas si vite. Nous devons suivre le protocole à la lettre. Veuillez déclinez votre identité afin de valider votre dossier.

– Tiffani Wilson.

– Êtes-vous ou avez-vous été mariée ?

– Non.

– Vous avez des enfants ?

– Non. »

Ses doigts virevoltent sur la tablette, elle poursuit, sa voix monotone est semblable à celle d'un robot, comme si elle récitait son texte pour la centième fois. « En tant qu'épouse, vous ne retournerez jamais sur Terre puisque vous épousez un Atlan, vos déplacements seront soumis aux lois en vigueur sur votre nouvelle planète. Vous abandonnerez votre citoyenneté terrienne et deviendrez citoyenne officielle de votre nouveau monde. »

Merde. Ses paroles me font l'effet d'un coup de tonnerre, l'énormité de ma décision prend tout son sens. Je ne serai plus citoyenne de la planète Terre ? Comment ça peut être possible ?

Une panique glaciale et sourde m'envahit, le mur sur ma gauche coulisse, dévoilant une petite alcôve baignée de lumière bleue.

« Hum ...

– Vous faites don de toutes vos économies à la Société Protectrice des Animaux basée à Milwaukee dans le Wisconsin, c'est bien ça ? » demande-telle comme si elle ne s'apercevait pas de mon inquiétude allant crescendo. Je ne serai plus citoyenne de la planète Terre ? Je voulais un compagnon, mais là, ça va peut-être un peu trop loin.

« Mademoiselle Wilson ?

– Oui, vous pouvez tout leur donner. » Je n'ai plus besoin d'argent puisque *je ne suis plus une citoyenne de la planète Terre*, je n'ai personne à qui le donner. Sofi, mon chat âgé de quinze ans, est mort d'une leucémie l'année dernière. Mes parents sont tous les deux décédés, mes cousins vivent en Californie et nous ne sommes pas vraiment proches. Je suis seule au monde, je n'ai rien à perdre.

Mon fauteuil glisse sur le côté, un bras métallique fiché dans le mur comportant une énorme aiguille se dirige vers moi. Je m'écarte afin de l'éviter.

« N'ayez crainte, Tiffani. C'est pour les neuro-processeurs.

– C'est quoi ce truc ? je regarde l'aiguille avec une inquiétude croissante.

– Des neuro-processeurs. Ils vous aideront à apprendre et comprendre le langage Atlan. »

Ok. Je me fige et serre les poings, mes articulations blanchissent. Un traducteur universel version *Star Trek* ? N'importe quoi.

L'aiguille me transperce la peau au niveau de la tempe et j'essaie d'ignorer la douleur tandis que l'appareil se retire, pivote sur la gauche et répète l'opération de l'autre côté.

Il réintègre son logement dans le mur, mon fauteuil est agité de secousses, je plonge dans une piscine remplie d'une eau chaude bleue et transparente.

« Le processus débutera dans trois, deux... »

Je ferme les yeux. L'adrénaline fait battre mon cœur à vive allure tandis que j'attends le fameux « un. » J'attends, je peux toujours attendre.

Elle soupire. « Oh non, pas encore. »

Mon fauteuil s'immobilise et j'ouvre les yeux, elle fronce les sourcils. Je la regarde se ruer sur le pupitre de commandes situé dans le mur de la salle d'examen. J'écarquille les yeux de peur et de confusion. « Y'a un problème ? »

Elle me jette un bref coup d'œil mais évite de croise mon regard. « Un problème au centre de téléportation sur Atlan. Je suis désolée. C'est la deuxième fois que ça arrive. »

Génial. Ils ne veulent pas de moi. Je le savais. Mon cœur vole en éclats, tous mes espoirs de trouver un homme qui voudrait *vraiment* de moi, qui me trouverait belle, sexy et désirable s'envolent, la douleur est poignante, je me sens plus bas que terre, j'avais tant espéré quelque chose de différent. « Très bien. Détachez-moi de ce fauteuil que je rentre chez moi. »

Elle secoue la tête et m'ignore tout en s'adressant à quelqu'un par écran interposé, quelqu'un que je ne vois pas. J'entends sa voix. Il s'agit d'une femme mais je ne comprends pas ce qu'elle dit, je n'entends que la gardienne.

« Que se passe-t-il, Sarah ? Elle marque une pause et écoute. Comment ? Mais c'est impossible. Une autre pause. Je comprends. Qu'est-ce que le seigneur de guerre Dax veut que j'y fasse ? Son énervement va crescendo. Non, il a une partenaire, une humaine. Elle est attachée dans le fauteuil, prête pour la suite. S'ensuit une longue attente. Je ne peux pas. Les permissions de téléportation ont été automatiquement désactivées par le système. Il m'en faut d'autres. Elle soupire. Ok. Donnez-moi cinq minutes. »

La gardienne la salue et se dirige vers moi, les sourcils froncés et les lèvres pincées. Ses épaules sont contractées et elle marche à petits pas rapides, ses muscles sont si contractés qu'elle semble avoir du mal à se mouvoir.

« Y'a un problème ? Dites-moi ce qui se passe. » Je tire

sur les courroies tandis que la gardienne lève la main pour essayer de m'apaiser. « Votre partenaire, le Commandant Deek, est en proie à la fièvre d'accouplement. »

Je ne m'attendais pas à ça. Je pensais qu'elle allait me dire que mon partenaire avait changé d'avis. La fièvre d'accouplement ? « Qu'est-ce que c'est ? »

Elle soupire et ses mains retombent le long de son corps. « Les guerriers Atlan sont très grands ; ce sont les guerriers les plus grands et les plus forts de toute la Flotte de la Coalition. »

Mon vagin se contracte. Oh, bon sang, je sais parfaitement qu'ils sont grands. « Et alors ?

— Et alors, comme je vous l'ai expliqué, ils peuvent se métamorphoser en bête, ils deviennent encore plus grands et plus forts dans l'effervescence de la bataille, ou lorsqu'ils ...

— Baisent ? » Son marmonnement sourd à mon oreille durant ce rêve d'intégration, cette conversation monosyllabique, prend tout son sens. En mode bête. Putain, c'est chaud. « Et donc ? Il se transforme en Hulk quand il est en colère. J'ai compris. Vous me l'avez déjà dit. Où est le problème ?

— S'ils mettent trop de temps à posséder leur partenaire, ils perdent le contrôle de leur bête. Ils se transforment et ne peuvent plus se retenir. Ils peuvent tuer leurs propres amis et leurs alliés, des hommes avec lesquels ils combattaient depuis des années. À ce stade, personne ne peut les sauver. Ils ne reconnaissent et n'obéissent plus qu'à une seule personne dans tout univers. »

J'attends qu'elle termine, j'ai du mal à respirer.

« Leur partenaire. »

Je me détends, mes épaules se relâchent. « Ok. Génial. Envoyez-moi chez lui. C'est bien ce que préconise le protocole n'est-ce pas ? S'il reconnaît uniquement sa partenaire, il me reconnaîtra et sa bête sera maîtrisée. »

Elle secoue la tête. « Ce n'est pas si simple. Les Atlans sont liés à leur partenaire via des bracelets neurologiques spéciaux. »

Je me rappelle des magnifiques bracelets en or que je portais aux poignets, de leurs étranges dessins. « Je dois porter ces bracelets pour l'aider ?

– Vous devez être unie à lui, être déjà sa partenaire, afin de contrôler sa bête. Je crains qu'il ne soit perdu.

– Perdu ? Ils ne peuvent pas le trouver ?

– Non, la bête a pris le dessus. Je suis désolée, Tiffani, mais on ne peut plus rien pour lui. »

On ne peut plus rien pour lui ? Le seul homme censé me correspondre en tous points dans tout l'univers, censé vouloir de moi, m'aimer et m'accepter telle que je suis est perdu à jamais ?

« Que va-t-il lui arriver ? »

Elle finit par croiser mon regard, il aurait mieux valu que non. Je lis dans ses yeux un profond sentiment de peine et de pitié. « Mon contact sur Atlan, l'épouse que j'ai envoyée il n'y a pas si longtemps que ça me dit qu'il va être exécuté. »

2

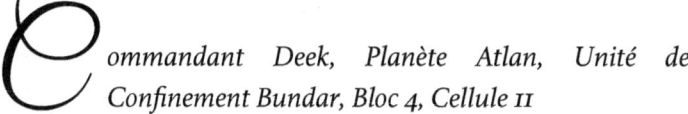

Commandant Deek, Planète Atlan, Unité de Confinement Bundar, Bloc 4, Cellule 11

JE ME RÉVEILLE EN SURSAUT, je suis en nage. Le lit de camp est trop petit pour ma bête et je me mets sur le côté. Trois jours. Je suis en enfer depuis trois jours. Lorsque la fièvre s'est emparée de Dax, ça lui a pris plus de deux semaines, elle est montée crescendo. Mais la bataille faisait rage et sa colère s'est muée en décharge d'adrénaline. C'est compréhensible quand on sait ce dont le seigneur de guerre a été témoin et combien il a combattu.

Chez la plupart des guerriers Atlan, la fièvre monte doucement, leur laissant le temps de trouver une partenaire avant que la bête ne prenne le dessus. Mais apparemment, je ne suis pas un guerrier Atlan banal, je suis passé du stade de commandant de guerre à une bête condamnée très rapidement.

Je suis rentré dans une rage folle dans le *Cuirassé*

Brekk, quatre guerriers ont eu du mal à me maîtriser. Le seigneur de guerre Engel, en visite sur Atlan, et certainement désireux de me marier à sa fille pour la énième fois, était présent lorsque j'ai perdu mon sang froid. Il m'a vu attaquer un jeune guerrier Prillon durant mon épisode de colère. Je ne me souviens pas de cet incident, j'avais trop de fièvre, j'ai ravagé le vaisseau. Une attaque planifiée sur un avant-poste de la Ruche a dû être reportée et le Secteur qu'on avait pris à l'ennemi nous a été repris. Au dispensaire, on m'a diagnostiqué en Phase Trois. C'est la phase terminale de dégradation d'un guerrier. La phase durant laquelle mon cerveau me répondra de moins en moins, jusqu'à ce que la bête prenne le contrôle, corps et âme.

Il n'y a aucun traitement possible hormis baiser. Je dois baiser ma partenaire en mode bête, éjaculer en elle, la posséder, la faire mienne. Baiser en mode bête n'est pas la solution. Je sens en moi cette rage grandissante cherchant son échappatoire. Mais je n'ai aucun soldat de la Ruche à tuer et pas de partenaire.

Rien de rien. Je ne m'en sortirai pas sans partenaire, ma fièvre ne baissera pas pour autant. Je reste allongé dans cette cellule froide, sans bataille à mener ni femme à mes côtés pour provoquer la bête, le monstre bouillonne de rage. La sueur trempe ma peau et mes vêtements. Les sangles habituelles sont inutiles. Je les ai arrachées du mur cinq minutes après mon internement. Seul le champ gravitationnel est assez puissant pour retenir la bête, ce puissant champ énergétique caché dans les murs, le plafond, le sol de ma cellule. Ma cellule semble remplie de vide mais je sais qu'il n'en est rien, ma bête s'est jetée inlassablement contre le mur gris toute la nuit. Ma force n'est pas arrivée à le mettre à bout. Ma bête a essayé mais a échoué.

J'ai été condamné à mort immédiatement après mon transport sur ma planète Atlan. Dax m'a rendu visite et m'a accordé un délai de quatre jours, espérant que la fièvre baisserait ou que je trouve une partenaire.

Je suis constamment à cran, la bête rôde, prête à sauter sur quiconque passera à ses côtés, la fièvre ne baissera pas. Je vais être forcé de baiser. Cette femme ne provoque pas du désir, mais de la colère.

Je pousse un grognement sourd devant la futilité de ce qui m'arrive. Comment tout cela a pu se produire ? Je suis en âge d'avoir la fièvre, mais pas à ce point ! Dans ma famille, aucune trace, aucun signe ne prouve que les hommes aient perdu le contrôle à ce point.

Mon père est mort durant les guerres contre la Ruche quand j'étais gamin, il a combattu de nombreuses années et est mort avec les honneurs. Mon grand-père a combattu pendant environ dix ans, il s'est marié à son retour. Il siège toujours en tant que conseiller parmi les membres du conseil de la planète. Mes cousins n'ont pas succombé à la fièvre. Je ternis la renommée de la famille. Et je ne comprends toujours pas ce qui s'est passé.

Cette rage soudaine et incontrôlable a surgi sans prévenir, si intensément que j'ai perdu le contrôle, je n'avais qu'une chose en tête, calmer la bête. Impossible de penser de manière concrète, de parler de façon cohérente ou de me défendre avec logique lorsque ma sentence de mort a été prononcée, après avoir attaqué le guerrier Prillon. La bête sans repos qui m'habite depuis ma naissance est devenue sauvage et inconsolable.

J'ai perdu mon sang froid pour la première fois de ma vie. Je n'aime pas ça. La seule solution qui s'offre à moi est de trouver une partenaire. Mais les femmes Atlan qui sont passées devant ma cellule n'ont rien pu faire pour apaiser ma bête. Elles-mêmes célibataires, elles sont volontaires pour apaiser les bêtes des guerriers emprisonnés, leur dernière chance de s'accoupler et faire baisser la fièvre. Ça peut marcher, mais la bête du guerrier doit être réceptive, éprouver du *désir* envers la femme. Ça peut marcher pour un homme Atlan en temps normal, mais pas durant la fièvre d'accouplement.

Il faut absolument prendre une partenaire. Le guerrier dans la cellule sur ma gauche a trouvé la bonne, je les entends baiser. Des cris sauvages de plaisir, leurs peaux transpirantes l'une contre l'autre, les grondements de la bête résonnent dans les corridors grands comme des cavernes. Ce quartier de détention est quasiment vide, nous ne sommes que trois, tous issus de familles aisées et respectables.

Ma queue s'agite et palpite, je dégrafe mon pantalon et branle ma grosse bite, histoire de me soulager. Les entendre baiser m'aide à éjaculer, je pense à ma partenaire sous moi, empalée sur mon sexe, désireuse que je la prenne sauvagement et que je la possède. Je vois les bracelets à ses poignets, la connexion qui s'est formée lorsque j'ai éjaculé en elle. Mais je ne vois pas son visage. Mon sperme gicle sur ma main et atterrit par terre, ma fièvre ne s'apaise pas pour autant. Ni mon désir pour ma partenaire sans visage que je ne connaîtrai jamais—ça m'est impossible—la seule à pouvoir me sauver.

Je déchire ma chemise et essuie le sperme qui poisse mes doigts, je la jette à terre et essuie le sol en frottant avec mon pied. Je fourre ma bite encore en érection dans mon pantalon et inspire profondément à deux reprises.

Mon corps me brûle, cette rage sauvage ne faiblit pas. Baiser. Si je ne l'assouvis pas, je serais exécuté. C'est peut-être une bonne chose. Ma bête est en furie, un animal sauvage en cage, la liberté ou mourir.

« Vous avez l'air... en forme, Commandant. »

Je me retourne comme une guêpe face à cette salutation empreinte d'inquiétude. Il a raison d'avoir peur. Le seigneur de guerre Engel Steen et sa fille, la superbe Tia, font face au mur, il s'attend à ce que j'épouse cette beauté Atlan depuis que j'ai cinq ans. Ma bête n'est pas intéressée le moins du monde, ça fait bien longtemps que j'ai compris qu'elle n'était pas la femme idéale. Ils me regardent comme si j'étais un animal exotique dans un zoo. J'en suis peut-être un, enfermé derrière ce mur et reluqué par des étrangers, constamment sous surveillance. Le bruit de l'accouplement se poursuit dans la cellule voisine et les joues de Tia se parent d'un rose timide, son excitation emplit l'air tandis que je la regarde. J'examine sa robe jaune et ses gros seins qui tressautent, espérant que la bête se calme, éprouve un quelconque intérêt devant cette femme.

Dans la cellule voisine, la femme fraîchement accouplée hurle sa jouissance tandis que le guerrier en mode bête pousse un rugissement. Le rugissement s'arrête net, la fièvre du guerrier est retombée comme un souffle. Il sortira bientôt de sa cellule, apaisé et marié. Un guerrier à nouveau libre.

Je me fiche qu'un Atlan ait baisé une femme consentante, senti son corps offert, savouré son sexe chaud et humide, mais je suis sacrément jaloux que sa bête soit enfin apaisée. Un rien me fait plaisir. Ma bête me pousse à bout à tout moment de la journée, comme si elle était enragée, inutile à sauver. Elle n'est toujours pas satisfaite, malgré cette femme consentante à ses pieds. Mon esprit logique me souffle de saisir ce qu'elle m'offre depuis toujours, de coller Tia au mur pour la baiser, de lui permettre de se lier à moi afin de maîtriser cette bête enragée en captivité.

Ma bête pousse un grognement inquiétant face à cette éventualité. Elle n'est pas intéressée. Elle ne reconnaît pas cette femme comme sa partenaire potentielle, sa présence ne la calmera pas.

« Ça pourrait être toi, » dit Engel en penchant la tête vers l'autre cellule, tout en regardant Tia d'un air interrogateur, les sourcils arqués. Une question à laquelle je ne peux répondre. C'est la bête qui choisit sa partenaire, pas moi, et je n'ai pas envie de Tia. Baiser n'y changerait rien. Je me suis toujours moqué des autres guerriers qui s'accouplaient et essayaient de m'expliquer comment ça fonctionne. Je les ignorais, dommage pour moi. La bête a pris le dessus. Tout ce que je peux faire c'est rester assis et remercier les dieux de garder mon sang-froid, le temps que mes visiteurs décampent.

Tia s'approche du mur, l'odeur qui se dégage du bain parfumé qu'elle a pris, des épices et de la fleur de nertera m'enveloppe tandis que les effluves se mêlent dans la cellule.

Ma bête gronde en signe de répulsion. Non. Je la connais depuis toujours, nous savons tous deux que je n'éprouve aucun désir pour elle. Je l'admire, je la respecte mais je l'aime comme une sœur. Ma bête refuse de succomber à son excitation. Chacune de ses apparitions, de ses tentatives de séduction l'énervent encore plus. Engel veut que j'épouse sa fille. Ma bête ne veut pas d'elle. Je le lui ai pourtant déjà dit à plusieurs reprises.

« Nous sommes venus vous offrir une deuxième chance. Vous serez exécuté dans trois jours, Commandant. Nous souhaiterions tous ne pas devoir en être réduits à cette extrémité.

– Une deuxième chance ? » je ne reconnais pas ma voix rauque. On croirait un jeune de vingt ans, je me retiens.

« Vous ne vous en souvenez pas ? » demande Tia, elle fixe mon torse nu. Je ne peux ignorer son excitation à la vue de mon corps. En fait, je sens sa vulve mouillée et accueillante, mais ma bête renâcle, elle refuse de se laisser tenter.

C'est une femme imposante, une vraie statue. L'exemple parfait d'une épouse Atlan. Ses longs cheveux bruns lâchés lui arrivent au bas du dos, sa robe longue jaune d'or damassée souligne sa poitrine parfaite, sa peau est mate. Elle est issue d'une classe aisée, l'élite Atlan. Elle est extrêmement belle mais n'intéresse pas ma bête. Putain, ce serait vachement plus simple si c'était le cas.

J'ai peur de parler. J'ai peur que ma bête la morde ou grogne. Je fais un signe de dénégation.

« Votre bête prend de plus en plus d'emprise au fil des jours, Commandant. Nous sommes venus hier. Tia se propose pour devenir votre femme. Laissez-la vous sauver.

– Elle est assez grande pour parler toute seule. » Les mots sont sortis tout seuls, Engel ne l'aurait pas accompagnée s'il n'avait pas eu une idée derrière la tête. Mais je ne sais pas exactement laquelle. En tant que membre de la classe dirigeante, il est responsable des approvisionnements en fournitures interplanétaires depuis une dizaine d'années. C'est un homme influent, aisé et disposant d'un vaste réseau, un vétéran des guerres de la Ruche, il a combattu pendant dix ans. Engel ne viendrait pas offrir sa fille en pâture jusqu'ici et rester là pendant qu'elle se ferait sauter par la bête, juste pour la caser. Elle peut choisir le partenaire qu'elle veut.

« Pourquoi moi ? »

Tia rougit et mord sa lèvre charnue d'un geste lentement étudié. Je sais. Avant de m'enrôler dans la Flotte de la Coalition, je l'ai vue décocher ce fameux regard à maintes reprises à des guerriers. « Je suis consentante, Deek. Tu sais que je t'aime depuis qu'on est enfants. On se connaît depuis tant d'années, j'ai envie de me marier. Je te trouve... séduisant. On s'entendrait bien. »

L'aveu de Tia nous laisse sans voix la bête et moi. Je l'intéresse peut-être, mais la bête ne lui a jamais rien trouvé de spécial. Je saurais reconnaître le désir de la bête lorsque je tomberai sur la partenaire idéale, mais ça ne s'est jamais produit. J'ai couché avec des tas de femmes, mais Tia attend autre chose qu'une simple partie de jambes en l'air avec un guerrier condamné. Elle veut m'épouser. Que je lui appartienne pour toujours. Elle veut dominer ma bête.

« Pourquoi moi, Tia ?

– Tu es mon meilleur ami. Ça a toujours été toi, depuis la crèche. Je te suivais comme une ombre. Tout le temps. Je ne veux pas que tu meures, Deek. Je t'en supplie. Je veux t'épouser et passer le restant de mes jours à tes côtés. »

Ma bête s'éveille. « Non, » hurle-t-elle. Ma peau se tend, la chaleur insufflée par la bête pulse dans mes veines. Les muscles saillent dans mon cou, mes bras et mon dos s'allongent, s'étirent afin de laisser la place au monstre qui menace de se libérer. Je le repousse, j'ai du mal à le retenir tandis que Tia pousse un cri et s'éloigne vivement du mur.

« Alors vous mourrez, » affirme Engel, son regard plissé empreint d'une haine que je ne lui avais encore jamais vue. Je n'avais pas l'intention de faire de la peine à Tia, mais c'est la bête qui commande et la bête en a marre d'être sans cesse relancée par cette femme, en dépit de son refus.

J'ai du mal à respirer, j'essaie de calmer mon cœur qui s'emballe pour répondre. « Je vais la baiser contre le mur. Je vais pas être tendre. Je vais lui faire mal, Engel ; sa présence n'apaise pas ma rage. C'est ce que vous voulez pour Tia ? » lui demandais-je, les poings serrés.

Tia pose sa main sur l'épaule de son père. « Laisse-moi lui parler, Père. »

Engel hoche la tête, me lance un regard noir et s'éloigne.

Tia reste là. Elle se dirige près du mur et s'empare d'une petite bourse noire dans sa poche, la place dans la fente tenant lieu de passe-plats, afin de ne pas risquer d'affaiblir la barrière de protection du mur magnétique. Elle appuie sur un bouton, le petit tiroir s'ouvre de mon côté de la cellule.

J'ouvre le passe-plat et contemple le bien le plus précieux légué par mon arrière-grand-mère, un héritage familial qui a atterri dans la famille de Tia il y a trois générations. Je sais ce que contient la pochette aux armoiries, mais je ne peux résister à l'envie de l'ouvrir et de faire glisser l'or dans ma main.

Je les regarde tour à tour. « Pourquoi tu me donnes ça ?

— Tu as peur d'être trop brutal, que la bête me fasse mal. C'est un cadeau pour la bête. Le fait de toucher quelque chose ayant été en contact avec ma peau aidera peut-être la fièvre à tomber un peu. »

Je prends le collier dans ma main. Le petit collier travaillé et torsadé est frais et doux. Le cadeau est censé m'apaiser, mais apparemment sans effet. Toutes les tentatives de Tia sont vouées à l'échec, elle n'est pas ma partenaire. Ma vie serait tellement plus facile si la bête l'acceptait. Mais elle refuse.

Je replace le collier dans sa pochette et le lui rends via le passe-plat. « Garde-le, Tia. Lorsque tu auras trouvé le bon partenaire, le collier et ton enthousiasme seront alors acceptés à leur juste valeur.

— Je t'en prie, Deek. Essaie au moins... » Elle porte la

main à son épaule, tire sur l'encolure, dévoilant son épaule, son cou et sa poitrine.

« Non. » J'élève la voix, ma bête a hâte qu'elle s'en aille. Ce n'est pas ma partenaire, la bête veut la voir tourner les talons. Je n'ai pas envie de perdre le peu de temps qui me reste en lui donnant de faux espoirs.

« On est amis depuis notre plus jeune âge, Tia. Mais je suis parti il y a bien longtemps. Je ne suis plus le même. Et même si j'en aurais grandement envie, tu n'es pas la femme de ma vie. La bête sent ton désir, ta chatte chaude et humide. Elle ne te désire pas. Elle ne me permettra pas de toucher. Je suis désolé. »

Ses yeux brillent de colère, elle relève le menton, je reconnais bien là son côté rebelle. « Ce que tu peux être têtu, Deek ! Dis à ta bête de la fermer et d'accepter ce qu'on lui propose.

– Je peux pas. C'est pas comme ça que ça fonctionne.

– Pourquoi ? Tu préfères mourir ?

– C'est pas moi qui choisis. La bête a pris le contrôle. Si je ne trouve pas ma vraie partenaire, si elle ne parvient pas à faire baisser la fièvre d'accouplement, si ma bête ne l'accepte pas en tant que telle alors oui, je préfère mourir. Je ne peux pas vivre avec cette fièvre qui me ravage. »

Je me suis préparé à l'idée de mourir, je m'y attends. L'expression choquée de Tia me surprend. Comment ça se fait que mon honnêteté la mette dans des états pareils ? Elle s'attend à ce que je change de vie et que j'ai pitié d'elle ? La bête ne le permettra pas. La bête préférerait mourir et c'est probablement ce qui risque d'arriver. Le seigneur de guerre Engel a au moins raison sur ce point... le temps presse.

Elle fait mine de parler mais ne dit rien. Elle reprend le collier et me regarde pendant une minute interminable.

« Au revoir, Deek. J'espère que tu trouveras ce que tu recherches. Si jamais tu changeais d'avis, j'ai laissé mes coordonnées aux gardes.

– Merci, Tia. Mais je ne changerai pas d'avis. »

Elle hoche la tête, pivote sur ses talons, arrange sa robe et disparaît. Je sais qu'elle ne reviendra pas.

Tout ça n'est pas logique et si elle incarnait ma seule chance de salut ?

La bête dit non. Elle ne veut pas d'elle. Elle ne l'aime pas et ne l'a jamais aimée.

La bête est toujours furieuse, elle exige une partenaire.

Je me laisse tomber sur le lit, la tête entre les mains. La bête est en train de me faire perdre la tête, telle une vague rongeant la grève.

Si je ne trouve pas de partenaire, je vais mourir.

Tiffani

« Une exécution ? Paniquée, je tire sur les sangles du fauteuil de la salle d'examen, en pure perte. Non. Ils ne peuvent pas le tuer. »

La Gardienne Egara sourit tristement. « Ça se passe comme sur Atlan. Un homme succombant à la fièvre d'accouplement n'a aucun moyen de se racheter.

– Mais il a une partenaire ! Moi ! Je peux le racheter, le sauver. Faire n'importe quoi »" je la supplie. Ce doit être une erreur. Ce n'est pas possible. J'ai trouvé l'homme idéal et il va être exécuté ? Non. « Envoyez-moi là-bas. Le protocole en a décidé ainsi. D'après les lois extraterrestres en vigueur, il m'appartient officiellement. C'est bien ça ? Je suis sa partenaire. Ça ne m'accorde pas certains droits ? J'ai le droit de le voir. J'exige de le voir. »

Elle hausse sévèrement ses sourcils et me considère longuement d'un air sévère. Elle regarde derrière son épaule et s'adresse à la femme « Vous entendez, Sarah ? » La gardienne hoche la tête, tout ouïe. Elle discute avec une personne à l'autre bout de la galaxie. Si je ne me trouvais pas dans un centre de recrutement, je la prendrais pour une folle. Notamment parce que je ne comprends *strictement* rien à ce que raconte cette femme. Sa voix est trop lointaine, ma colère résonne dans mes tympans. « Et si ça se passe de travers ? »

Un grommellement sourd, autoritaire et bien plus sonore se fait entendre via le micro. Ça me rappelle la voix de mon rêve, un frémissement de désir me parcourt à nouveau. « On n'a pas le droit à l'erreur. Si elle vient, il faut qu'elle ait le courage de l'affronter. Si jamais elle échoue, il mourra, » tonne la voix qui me fait sursauter.

La gardienne Egara se tourne vers moi, ma résolution est prise, ma décision est ferme et définitive. Personne, je dis bien personne, ne m'arrachera ce qui m'appartient. « Je n'échouerai pas. Il m'appartient. »

La gardienne opine du chef et s'adresse à cet énorme Atlan que je ne vois pas derrière l'écran. « Je la crois,

Seigneur de Guerre. Je pense qu'on devrait lui laisser une chance de le sauver.

– Très bien. Je ne laisserai pas tomber le Commandant. Envoyez-la nous. On va la lui amener. »

La gardienne Egara s'incline avant de poursuivre, comme si elle voulait ajouter quelque chose. « Comme vous voudrez, Seigneur de guerre Dax. Si vous disposez des codes de téléportation, je vous l'envoie immédiatement.

– Ils devraient vous parvenir d'un moment à l'autre. »

Ce faisant, les lumières bleues derrière moi clignotent, le fauteuil s'éclaire et se met en branle. « Qu'est-ce qui se passe ?

– Bien reçu. Merci. La partenaire du Commandant arrive. » La gardienne Egara raccroche et s'approche de moi, l'air triste.

« Bonne chance, Tiffani. Je vous envoie chez le Seigneur de guerre Dax et sa femme, Sarah. C'est une Terrienne, ils viennent de se marier. Ils vous aideront à entrer par effraction chez votre partenaire. »

Ça sent mauvais. Illégal. Dangereux.

« Par effraction ? Pourquoi ?

– Il se trouve dans une prison Atlan ma chère. Dans le couloir de la mort pour tout vous dire. Vous n'êtes pas une femme Atlan, ni un membre de sa famille. »

C'est insensé. Il n'a commis aucun crime, ses gènes reprennent simplement leurs droits. Aller le voir constitue un crime ? Je serai hors la loi ?

« Mais je suis sa partenaire. Vous avez dit que j'étais désormais une citoyenne d'Atlan et non plus une citoyenne de la Terre. J'ai le droit de le voir. Je vois pas pourquoi je rentrerai par effraction.

— Vous avez raison, mais les règles sont ainsi faites. Seules les femmes Atlan ont le droit d'entrer dans les cellules de confinement. Bonne chance. J'espère que votre tentative vous sauvera tous deux. » Elle vérifie une dernière fois sa tablette, j'ai comme une impression de déjà-vu tandis qu'elle parle « Vous vous réveillerez sur Atlan. Le processus débutera dans trois... deux... »

Je me contracte en attendant le dernier mot, je me demande dans quoi je me suis fourrée. Je vais faire irruption en prison ? Le couloir de la mort ? La bête ? Putain de merde.

« Un. »

La lumière bleue clignote, je suis immergée dans l'eau bleu clair. J'ai l'impression d'être dans un œuf, la porte de la salle d'examen coulisse, je suis enfermée à l'intérieur. Je ferme les yeux et attends, terrorisée par ce qui va s'ensuivre, mais le contact de l'eau m'apaise, je me détends. Ils m'ont droguée ? L'idée d'arriver au beau milieu d'une prison n'est pas pour me déplaire. Ni d'avoir un partenaire à moitié bête. Je me sens... détendue.

Mes paupières se ferment, j'ai un besoin irrépressible de dormir, une chose est sûre, ils ont dû balancer un truc super planant dans l'air ou dans l'eau, mais je m'en tape.

3

Tiffani, Planète Atlan, Forteresse du Seigneur de Guerre Dax

JE M'ÉVEILLE dans un lit moelleux ressemblant comme deux gouttes d'eau au mien. Je contemple la chambre, un oreiller couleur crème doux comme de la soie caresse ma joue. J'ai atterri au beau milieu d'un méga-château de conte de fées. La chambre est à elle seule plus grande que mon deux-pièces, les murs sont en marbre bleu clair et gris. Des tapis de haute laine décorés d'oiseaux vivement colorés et d'arbres recouvrent le sol, un énorme baldaquin surplombe le lit, je me croirais dans une cabane secrète.

J'aperçois des dessins très travaillés, une couronne blanche rehaussée de volutes dorées et d'étain. Ça ressemble étrangement aux bracelets que je portais dans mon rêve. Lit, fauteuil, oreillers, tout est surdimensionné. Je n'ai jamais rien vu de tel. Je me demande combien mesurent réellement ces guerriers Atlan. Et leurs femmes ? Un enfant humain aurait besoin d'un escabeau pour grimper sur le lit.

« Vous êtes réveillée. » Une voix de femme amicale parlant anglais. J'aperçois une petite brune souriante. Elle est vêtue comme une princesse et porte une robe évasée vert et or. Ses cheveux sont relevés en un chignon travaillé que je n'arriverai jamais à refaire. Ses yeux d'un beau marron velouté m'inspirent une vive sympathie. « Comment va votre tête ? Les neuro-processeurs peuvent être douloureux au début.

– Les neuro-processeurs ? » Je cligne des yeux et essaie de m'asseoir. Une douleur aiguë, comme si on m'enfonçait un pic à glace dans la tempe, m'arrache un grognement.

« Ouais, c'est bien ce que je pensais, » elle sourit, se penche vers moi et agite devant mon visage un bâton lumineux bleuté. Ne bougez pas. La baguette ReGen va soulager votre migraine.

« Merci. » Je reste sans bouger, je suis la baguette des yeux, je me demande ce qu'elle fabrique. Ça a l'air de marcher, ma migraine s'estompe, ainsi que la nausée. Au bout de quelques instants, la pièce s'arrête enfin de tourner.

« Le neuro-processeur est un traducteur. Je parle anglais, ce qui n'est pas le cas des Atlans. Ça vous permettra de comprendre n'importe quelle langue. Ça va mieux ? »

Je hoche la tête, je ne ressens plus aucune douleur.

Elle éteint la baguette ReGen, la pose sur une table de

chevet incrustée d'or, me tend sa main droite. « Je m'appelle Sarah.

— Tiffani.

— Ravie de vous rencontrer. » Elle me serre la main fermement et chaleureusement, elle porte des bracelets en or délicatement ouvragés.

« Vous avez épousé un Atlan ? »

Son sourire jusqu'aux oreilles me redonne espoir. « Oui. Dax. Ça n'a pas été simple au début mais je l'aime. Alors, c'est comment sur Terre ? »

La question peut paraître étrange mais ne l'est pas, je ne suis plus sur Terre. « Comme d'habitude.

— D'où venez-vous ?

— Du Wisconsin. »

Sarah hoche la tête. « Je suis fille de militaire. On a souvent déménagé, je ne me suis jamais vraiment sentie chez moi nulle part. La Terre ne me manque pas. Je me sens ici chez moi, ce sera bientôt pareil pour vous, j'en suis sûre. »

Je m'appuie contre la tête de lit et me regarde. Je porte une robe semblable à celle de Sarah, non pas vert et or mais bordeaux, la couleur rehausse ma chevelure rousse. Elle me va à merveille, je me demande où ils l'ont dégotée. Je n'ai vraisemblablement pas fait du shopping sur Atlan durant mon sommeil. Contrairement à Sarah, je ne porte rien aux poignets.

Elle doit lire dans mes pensées. « Oh, cette couleur vous va à ravir n'est-ce pas ? Elle fait ressortir vos yeux.

— Oui. Je ... merci. Où l'avez-vous trouvée ? »

Elle se lève et arpente la chambre, ça me rend

nerveuse. Ne vous inquiétez pas. On l'a empruntée à la sœur de Deek. Elle fait votre taille, c'est petit pour une Atlan, ça fera l'affaire le temps de trouver une couturière. »

Petite pour une Atlan ? La gardienne Egara ne plaisantait pas.

J'essaie de me lever, afin de voir si je tiens debout. La robe est légèrement grande mais la coupe est très flatteuse. Elle souligne bien ma forte poitrine, une bande dorée entrelacée passe sous mes seins, les faisant saillir. J'ai vu un documentaire à la télé, les Romains et les Grecs portaient des toges similaires. « Ils s'habillent comme d'anciens dieux grecs ? »

Sarah éclate de rire tandis que je contemple ma robe. « Les femmes oui. Attendez de voir les mecs en armure. Waouh ! dit-elle en levant ses sourcils. Vous ne pourrez plus vous en passer. »

C'est génial, ça me rappelle l'objet de ma question. « La gardienne Egara m'a appris que mon partenaire serait exécuté. »

Sarah s'arrête net et se tourne vers moi. « Oui. Il vous reste très peu de temps pour le sauver. Il sera exécuté dans trois jours s'il ne trouve pas de partenaire et prouver ainsi qu'il peut avoir le dessus sur sa bête. Il bénéficie du soutien de Dax, ils sont bons amis. Ils ont longtemps combattu ensemble contre la Ruche. Il doit ronger son frein. On n'attendait avec impatience que vous soyez réveillée.

– Je suis là depuis quand ?

– Une demi-journée. Le temps est quasiment semblable sur Atlan. Leurs journées durent vingt-six heures, j'ai toujours été une couche-tard, ça ne me gêne pas outre mesure.

– Ok. » Franchement je m'en fiche, je verrai ça plus tard. J'ai trois jours—et deux bonnes heures supplémentaires par jour— pour sauver mon partenaire et apprivoiser sa bête. Je ne sais pas vraiment comment je vais m'y prendre mais je ferai mon possible. Ce guerrier Atlan est à moi, je ferai mon possible pour qu'il ne lui arrive rien. « Allons-y. La gardienne Egara m'a dit que vous m'aideriez à le rencontrer. »

Sarah ouvre la porte de la luxueuse chambre. Je la suis dans un long couloir, le designer chargé de la décoration n'a pas regardé à la dépense, c'est royal.

Je n'ai pas l'habitude de voir les objets qui ornent le couloir, les vases et les tables en marqueterie, les fresques et les fleurs fraîches de toutes les couleurs disposées partout. Je ne sais pas comment s'appellent ce type de déco mais ça a dû coûter un bras.

Je m'éclaircis la gorge. « Vous êtes une princesse ou quoi ? J'ai l'impression d'être dans le château de Cendrillon. »

Ça la fait rire. « Oui. Dax est un seigneur de guerre renommé sur Atlan. Lorsque les hommes rentrent du combat, ils sont traités comme des rois. Nous possédons un autre château dans les territoires du Nord, je n'y suis encore jamais allée. Des terres, des titres et de l'argent à revendre. »

Si elle avait parlé de la sorte sur Terre, j'aurais cru qu'elle se moquait de moi mais ce n'est pas son style apparemment.

Je commence à accuser le coup. Je connais bon

nombre de vétérans qui une fois démobilisés, n'avaient nulle part où aller. « Comment osent-ils traiter leurs vétérans comme ça ? C'est dingue. »

Sarah me regarde tristement et ouvre une autre porte. « Peu s'en sortent. Ils combattent au sol, en première ligne contre la Ruche. Je sais de quoi je parle. J'ai moi-même combattu dans la Coalition. De vrais démons, soit ils se font prendre, soit la bête prend leur contrôle. Ceux qui reviennent sont les guerriers les plus valeureux, on les traite comme des dieux. »

Je souris. « Vous avez épousé un dieu ? »

Son sourire est taquin au possible. « Oui. Et vous aussi. »

Elle me tient la porte et je la précède dans une longue salle à manger, la table est en mesure d'accueillir une bonne trentaine de convives. Les chaises sont faites d'un bois noir qui m'est inconnu, avec de hauts dossiers. Un géant trône en bout de table.

Il se lève et je stoppe net. Bon sang, il est immense. Il doit mesurer au moins deux mètres trente et ses épaules font deux fois la taille des miennes. Son armure noire moulante fait ressortir ses muscles, ses abdos et ses cuisses qui semblent durs comme de la pierre, je reste bouche bée.

Sarah referme la porte derrière nous et se dirige vers son mari qui l'attend à bras ouverts. Elle doit mesurer un mètre soixante-dix mais à côté de lui, on dirait une enfant.

« Bienvenue chez nous, Tiffani. Je suis le seigneur de guerre Dax. »

Sa grosse voix résonne, je suis à deux doigts de

reculer mais Sarah passe ses mains autour de sa taille comme si c'était un gros nounours. Il pourrait m'écraser entre le pouce et l'index, mais je vais lui accorder le bénéfice du doute. Je me souviens qu'il ne parle pas anglais, mais l'étrange processeur implanté dans mon crâne traduit les mots directement. Fantastique. « Tiffani Wilson. Ravi de vous rencontrer. »

Il me fait signe de m'asseoir mais je suis trop nerveuse. Je veux voir mon partenaire. Il est la raison de ma présence ici, depuis que Sarah m'a dit qu'il n'avait plus que trois jours à vivre, j'ai l'impression de vivre avec une bombe à retardement qui fait tic-tac dans ma tête. Trois jours, c'est rien.

Quatre bracelets en or sont posés sur la table devant lui, ils ressemblent à ceux que Sarah porte aux poignets, les deux autres sont bien plus larges. Je regarde le seigneur de guerre Dax, mes doutes se confirment. Il porte des bracelets quasiment identiques à ceux de Sarah, en plus grand.

Il a remarqué mon regard. « La sœur du Commandant Deek les a apportés pour vous en même temps que la robe. Ils portent les armoiries des Deek. –

– Il s'appelle Deek ? » C'est la première fois que j'entends ce nom, j'ai envie d'en savoir plus.

« Oui, commandant d'infanterie Atlan du *Cuirassé Brekk*. On a combattu dix ans ensemble. Il m'a sauvé la vie à plusieurs reprises, je n'ai pas l'intention de le laisser mourir. »

Impressionnant. Je suis de plus en plus intriguée.

Je m'approche de la table et prends le bracelet le plus proche. Des tourbillons en étain foncés forment un dessin complexe avec l'or massif. En-dessous, tellement petit qu'il est presque invisible à l'œil nu, se loge un petit circuit électronique. J'adresse un regard perplexe à Sarah et Dax.

« Je croyais que c'était des alliances. Mais c'est bourré de circuits électroniques. Ça sert à quoi exactement ? »

Sarah parle la première. « Vous serez définitivement liée au Commandant lorsque vous les porterez tous les deux. Vous ne pourrez pas trop vous éloigner l'un de l'autre sous peine de ressentir une douleur physique extrême.

– Quoi ? » C'est complètement naze leur truc. « Une sorte de laisse ? »

Sarah lève les yeux au ciel. « Y'a pas de laisse mais faites-moi confiance, vous resterez à ses côtés. Si vous vous éloignez trop, c'est comme si vous preniez un coup de Taser. »

J'ouvre la bouche en guise de protestation mais le seigneur de guerre Dax m'interrompt.

« C'est pareil pour lui, Tiffani. Seule la proximité immédiate de notre partenaire nous permet de garder notre bête sous contrôle. Ça nous apaise de vous savoir à nos côtés. Lorsque vous serez définitivement mariés et qu'il ne sera plus en proie à la fièvre d'accouplement, vous pourrez décider de les porter ou pas. Mais au début, ça vous protègera. Si vous arrivez à les lui passer aux poignets, ses chances de survie seront décuplées. »

Je passe le petit bracelet autour de mon poignet sans même prendre le temps de réfléchir, un sentiment inéluctable m'envahit tandis qu'il se referme. Il ne comporte aucun fermoir, il m'est impossible de l'enlever.

Il est trop tard pour éprouver des remords. J'ai traversé la moitié de la galaxie pour sauver mon partenaire. Ce n'est pas une paire de bracelets qui va m'arrêter. Je passe le deuxième bracelet à mon autre poignet et prends la paire restante. « Ok. Je les lui passe comment ? »

Le seigneur de guerre Dax prend une profonde inspiration. « Avec d'infinies précautions.

– Ok. On y va. Je suis prête. »

Sarah disparaît un instant et revient avec une longue cape à capuche. « Tenez, mettez ça. »

Je glisse la lourde cape bordeaux sur mes épaules et referme les pans. Elle hoche vigoureusement la tête. « Parfait. Remontez la capuche. »

Je mets la capuche, mon visage est presque entièrement caché.

Le seigneur de guerre Dax touche mon épaule. « Excellent. Cachez les bracelets tant que vous êtes à l'intérieur. Quoi que vous fassiez, ne regardez personne, ne baissez pas la capuche tant qu'on ne vous aura pas fait signe.

– Quel signe ? »

Sarah sautille quasiment d'excitation. « Dax a un ami à l'intérieur. Également sous les ordres du ordres Commandant. Il va arrêter les caméras de surveillance à l'intérieur de la cellule de Deek afin que vous soyez seuls.

– On va rester dans la cellule ? » Je n'avais pas envisagé la chose sous cet angle. Quand la gardienne Egara m'a parlé de rentrer par effraction, je pensais qu'elle comptait faire évader mon partenaire.

Sarah hoche la tête.

« Venez. C'est l'heure. » Le seigneur de guerre Dax sort rapidement de la salle tandis que je me débrouille pour cacher les deux gros bracelets afin que personne ne les voit.

Sarah me rejoint, me prend les bracelets des mains et me montre où sont les poches, je les cache immédiatement dans les replis de la cape. « Ecoutez, Dax n'est pas très à l'aise pour aborder la question mais si vous voulez sauver Deek, vous devrez faire exactement ce qu'il demande. »

C'est la raison de ma présence ici. « J'ai traversé la moitié de la galaxie pour sauver un homme du couloir de la mort. Ça prouve que je suis prête à tout. »

Sarah pose sa main sur mon épaule tout en me regardant par en-dessous. « Très bien. Vous devrez lui passer ces bracelets afin qu'il se lie à vous, que la bête vous sente et commence à se calmer. Le seul moyen d'y parvenir est de s'approcher très près. »

Je me mords la lèvre. « Il risque de me faire du mal ? »

Sarah secoue la tête. « Je ne sais pas. En des circonstances normales, jamais. Un guerrier Atlan ne ferait jamais de mal à une femme. Mais s'il est en pleine crise de fièvre d'accouplement, j'ignore comment il peut réagir.

– Et comment suis-je censée le calmer ? »

Son sourire est contagieux, je le lui aurais bien rendu si j'étais pas totalement morte de trouille. « Baisez-le comme une sauvage. Donnez-vous à lui et laissez la bête vous sauter jusqu'à ce qu'ils soient comblés, oui, passez-lui les bracelets aux poignets au moment où il s'y attendra le moins. Ne vous inquiétez pas, la bête vous reconnaîtra comme étant sa partenaire, avec ou sans bracelet. »

Je hausse les sourcils devant la mission sensuelle qui m'est confiée, mais Dax nous crie de nous dépêcher. Sarah prend ma main et m'entraîne derrière elle. « Ne vous inquiétez pas, Tiffani. Ils deviennent aussi grands que Hulk, mais après... ils reprennent leur aspect normal. »

Génial. Je n'ai pas couché avec un mec depuis cinq ans et je vais remettre ça dans une cellule de prison. Dans l'espace. Avec un extraterrestre géant version Hulk. C'est normal que mes tétons durcissent ?

4

Tiffani, Prison Bundar, Bloc 4, Cellule 11

JE BAISSE la capuche sur mes yeux, veillant à cacher les bracelets, ils pèsent trois tonnes. Enfin, pas vraiment mais je n'arrive pas à faire abstraction ou, du moins, à oublier leur signification. Nous nous trouvons dans le Bloc 4. J'ignore combien de prisonniers sont enfermés là-dedans ; la majeure partie des cellules devant lesquelles nous sommes passés sont vides.

Ce n'est pas le cas ici.

Des géants nus sont allongés dans les cellules, ma colère croît au fur et à mesure. J'ai l'impression de voir des tigres en cage dans un zoo. Les guerriers Atlan sont tous énormes, aussi larges d'épaule que le seigneur de guerre Dax qui avance devant moi dans les couloirs déserts de couleur beige. Certains font la taille de Dax, d'autres sont en mode bête. Ils mesurent quinze centimètres de plus, leurs muscles sont si proéminents qu'ils paraissent factices. Leurs corps sont magnifiques, leurs muscles si bien dessinés que je pourrais suivre le contour de chaque tendon du regard. On dirait vraiment des dieux, mais qu'en est-il de leur visage ? Un regard cruel et prédateur, de longues canines, ils me regardent si intensément que je sursaute et perds l'équilibre lorsque l'un d'eux grogne et se jette contre sa cellule. Le seigneur de guerre Dax est là, il me retient pour que je ne tombe pas et m'aide à reprendre mon équilibre. Un puissant champ magnétique est tout ce qui me sépare de ces hommes sauvages. Il devient bleu clair lorsque cet homme changé en bête charge à nouveau. La puissance l'envoie valdinguer, la douleur le force à se pelotonner comme un animal, il me regarde.

Je suis saine et sauve, protégée par la barrière invisible. C'est mieux que les barreaux d'une cellule de prison sur Terre, bien plus résistant.

Mon dieu, c'est de ça que je dois m'occuper ? Je suis censée me donner à un Atlan *pareil* ? On est vraiment sûr qu'il ne me fera aucun mal ? Oh merde.

« C'est lui ? » murmurais-je.

Dax me lâche, je préférerais que non. Ses grosses mains chaudes m'aident à ne pas paniquer. « Non. »

Sarah fait non de la tête et me prend vite la main. Ça me soulage qu'ils soient avec moi. Comment je vais faire ? Comment vais-je pouvoir baiser mon partenaire en mode bête ? Je me suis clairement fait des idées sur la signification de *'mode bête'*.

« Chhhut, répond Sarah. Il se trouve dans la cellule numéro 11. Souvenez- vous en. »

Oui, je m'en souviendrai. Dax avance et je le suis, Sarah me donne le bras en guise de soutien moral, j'en ai désespérément besoin. Elle s'accroche peut-être à moi pour que je ne change pas d'avis et que je m'échappe. Mon partenaire est leur ami, ils ne veulent pas qu'il soit exécuté. Si je peux le sauver, ils seraient probablement prêts à me traîner de force dans le couloir si nécessaire.

« Il ne fera jamais ça. C'est impossible. Je vous le promets, » me jure Sarah.

Je frissonne et me mords la lèvre. Si cet homme Atlan ressemble à ça après avoir perdu le contrôle de la bête,... cette *chose* sauvage qui sommeille en eux, alors toute cette histoire d'exécution prend tout son sens. « Comment le savez-vous ? Quand l'avez-vous vu la dernière fois ? »

Elle me serre le bras tandis que Dax se dirige vers la dernière cellule. « Il y a deux jours. Il parlait, il avait l'air normal. » Elle me lâche, m'enlace brièvement et soupire. « On croise les doigts, Tiffani. Ne perdez pas courage. Deek est non seulement un commandant formidable, mais aussi un très grand seigneur de guerre. Un grand Atlan. Vous allez vous en sortir. »

Je ne réponds pas, je suis Dax et aperçois mon partenaire pour la première fois.

Il est accroupi au milieu de la pièce, il nous attend, comme s'il nous avait entendu arriver. Il ne grogne pas, il ne mord pas, il me dévisage avec un intérêt de prédateur, mes mains se mettent à trembler. Bon sang.

Il est beau et encore plus grand que Dax, pour le moment du moins. La bête qui vient de me grogner dessus m'a fait sacrément peur, la bête de Deek semble plus calme, son corps est totalement sous contrôle. Je l'imagine aisément sur le champ de bataille en train de déchiqueter ses ennemis à mains nues. Mettez-lui un kilt et une épée en travers du dos et toutes les femmes de la Terre seraient folles de désir, malgré ses dents effrayantes que j'ai entrevues lorsqu'il m'a examinée.

Je sais qu'il ne peut pas voir grand-chose sous cette immense capuche qui me cache pratiquement en intégralité, il ne me quitte pas des yeux tandis que Dax se dirige vers le champ magnétique. Il jette un coup d'œil en direction de la caméra de surveillance que j'ai remarquée. Elle n'est pas plus grande qu'une pièce d'un cent, mais Sarah m'a dit qu'elle filme et enregistre tout ce qui se passe dans cette cellule.

« Bonjour, Commandant.

– Dax. » La bête bouge, s'étire et se déploie de toute sa hauteur. Il s'approche jusqu'à ce que les deux guerriers soient face à face, de part et d'autre du champ de force. Un mélange d'admiration et de nervosité me pousse à reculer. Il dépasse Dax d'une tête, il doit frôler les deux mètres quarante. Il est entièrement nu, je bave littéralement devant son torse massif et ses cuisses. Son énorme sexe est en érection.

Oh, mon Dieu. C'est pour moi. Je suis sa partenaire et *ce truc* est censé me pénétrer ! Mon vagin se contracte et la bête se fige sur place, reniflant l'air comme si elle sentait mon désir. C'est possible ?

Dax fait mine de parler mais mon partenaire l'interrompt et me regarde. Je me sens nue en dépit de ma lourde cape.

« Qui est-ce ? » Il a du mal à parler, il s'approche de moi. Mon cœur accélère au fur et à mesure qu'il avance.

Je me fige sur place, telle une biche éblouie par la lumière des phares, je mouille. Sa voix me donne des fourmillements et ma poitrine devient pesante. Bon sang il est magnifique. Énorme. Monstrueusement beau. Si costaud qu'il pourrait me briser en deux. Je suis bouleversée. Je le désire plus que tout au monde. C'est instantané, viscéral.

Je suis censée me donner à lui, ce parfait inconnu. Immédiatement. Je dois essayer de passer les bracelets à ses poignets pendant qu'il regarde ailleurs. J'ai l'impression d'être un chaton admirant un tigre prêt à bondir. Il est impossible que je gagne la partie.

Sarah pose sa main sur mon épaule et se penche vers moi. Je sursaute et inspire profondément, il faut impérativement que je me calme.

« Faites-nous confiance. Vous l'intéressez. Vous voyez comme il vous regarde. Vous êtes sa partenaire. Il vous appartient, Tiffani. Vous lui appartenez. Sa bête le sait, l'a toujours su, même inconsciemment. Vous allez y arriver. »

Je vais y arriver. Je vais y arriver. Je vais y arriver. Je répète ses mots comme un mantra, je fais abstraction de tout le reste et me force à me calmer. J'ignore sa taille et me concentre sur son corps magnifique. Son sexe est long et épais—je n'en ai jamais vu d'aussi gros—avec un gros gland violacé. Une veine saille le long de son membre. Je l'imagine en train de grossir pour mieux me dilater, me pénétrer. J'imagine ce corps colossal me soulever comme une poupée et me plaquer contre le mur, me baiser comme une bête, me faire jouir. Cette créature m'appartient, d'après les règles en vigueur sur Terre, sur

Atlan et va savoir quelle autre technologie de folie utilisée au centre de recrutement pour s'assurer qu'on serait compatibles en tous points. Il m'appartient, je ne vais pas les laisser le tuer parce que j'ai peur qu'il me baise.

Je vais y arriver.

Deek avance d'un pas et je rejette mes épaules et ma tête en arrière pour le contempler. Son regard s'est mué en celui d'un chasseur prêt à tuer, plus intéressé mais non moins intense.

Je lève les mains, regarde le seigneur de guerre Dax pour lui demander la permission. Il jette un œil en direction de la caméra de surveillance qui clignote d'une étrange lueur jaune, il se tourne vers moi en acquiesçant. « Allez-y, Tiffani. Le système n'est plus opérationnel.

– Tiffani. » La voix de Deek est grave, comme si elle me parvenait par le biais d'un haut-parleur.

Je baisse ma capuche et me tourne vers mon partenaire. « Bonjour, Deek. »

Il ne répond pas, un grommellement sourd emplit l'espace, le son résonne dans ma poitrine tel de la dance-music dans une boîte survoltée. Il me fixe et il me devient impossible de regarder ailleurs même si je voulais. Je suis hypnotisée.

Nous nous observons, mon cœur va bondir hors de ma poitrine, Dax avance. « On peut la laisser entrer, Commandant ? Vous avez refusé toutes les autres. »

Mon partenaire s'éloigne du champ de force en guise de réponse à la question de Dax, je vais défaillir. Merde. Aussi immense et effrayant soit-il, il ne veut pas de moi. Brûlant de fièvre et à deux doigts d'être exécuté, il refuse.

Il retourne au fond de la cellule, près d'un grand lit, se tourne et place ses mains à plat sur le mur au-dessus de sa tête. Je me tourne vers Dax. « Qu'est-ce qu'il fait ? »

Dax sourit, je me détends. « Il se met face au mur pour que je désactive le champ de force. C'est le protocole, afin de protéger les gardes et les visiteurs. » Dax ne sourit plus et contemple le corps musclé de Deek. « Faites attention, Tiffani. Il n'est pas humain. Il ne vous fera aucun mal, je le connais, mais soyez gentille avec lui.

– Gentille ? » Il plaisante ou quoi ? Moi ? Gentille ?

Sarah sautille, tout excitée. « Vite, laisse-la entrer ! »

Je regarde Sarah, la question que Dax a posé à Deek tout à l'heure laisse planer un mélange de peur et de désir. « Il en a refusé beaucoup ? »

Elle lève les yeux au ciel. « Des tonnes de femmes se sont présentées, se sont jetées sur lui. Lorsqu'ils sont en mode bête, les femmes Atlan souhaitant les avoir pour partenaires sont catapultées ici et défilent tels des mannequins sur un podium. Si les hommes réagissent, les femmes entrent dans leurs cellules pour s'accoupler. »

Je me tourne vers Deek, il serre les poings contre le mur, comme s'il luttait pour se maîtriser. « Et ça marche ?

– Parfois. Mais pas avec le Commandant. Il a refusé une bonne vingtaine de femmes, y compris sa promise.

– Sa quoi ? » J'ai bien entendu ? Sa promise ? La colère et la jalousie m'envahissent. Il est à moi, pas à une quelconque promise. Cette bête torride est à moi putain.

Sarah esquisse un geste d'excuse. « Peu importe.

– Peu importe ? demandais-je les yeux écarquillés. Il est fiancé mais peu importe ? »

Sarah agite la main. « Un partenaire a toujours une

promise, Tiffani. Si un Atlan ne trouve pas sa partenaire idéale, il peut en épouser une autre en espérant que la bête l'accepte, ce qui se produit la plupart du temps, s'il n'est pas sous l'emprise de la fièvre d'accouplement. Tia est la solution de 'dernier recours'. Du moins, c'est comme ça que je le conçois. Mais Deek n'aura pas besoin d'utiliser cet atout puisque vous êtes sa partenaire. Il vous appartient.

– Le champ de force sera désactivé dans trois secondes, Tiffani. Lorsque je vous en donnerai l'ordre, vous entrerez dans sa cellule sans tarder, » explique Dax.

Le seigneur de guerre Dax se dirige vers le mur opposé et place sa main sur un petit scanner dans le couloir.

Je hoche bêtement la tête. Ça y est. On va m'enfermer dans cette cellule avec une bête pouvant à peine parler. C'est cette stupide fiancée, ma foutue jalousie, qui me pousse à m'accoupler à mon partenaire. Personne ne me prendra Deek. Il est hors de question qu'une stupide femme Atlan fasse tout foirer.

Un refrain étrange emplit l'air puis le silence retombe, son absence est encore plus tangible.

« Maintenant ! » Le seigneur de guerre Dax aboie son ordre, mon corps avance de lui-même, mes jambes franchissent la mince démarcation entre le couloir et la cellule de Deek. La vibration reprend, je regarde Sarah, ses yeux sombres sont porteurs d'espoir et de sympathie. « Bonne chance, Tiff. Les caméras de surveillance sont arrêtées jusqu'à la relève de la garde.

– Jusqu'à quand ? » Je sais pertinemment que je vais coucher avec un parfait inconnu qui n'a rien d'humain mais une chose est sûre, je n'ai absolument pas besoin d'avoir des spectateurs.

Le seigneur de guerre Dax enlace Sarah. « Vous avez cinq heures, Tiffani Wilson de Terre. Je vous en prie, aidez-le. »

Ce qui signifie en d'autres termes *Baisez ce guerrier jusqu'à ne plus pouvoir marcher pendant une semaine, faites en sorte d'apaiser la bête. Oh, le Commandant risque de vous tuer s'il perd son sang-froid. Croyez bien que nous en serions profondément désolés.*

J'humecte mes lèvres sèches. « Comptez sur moi. »

Mes deux seuls alliés dans ce nouveau monde étrange pivotent sur leurs talons et s'éloignent. J'ai le cœur au bord des lèvres, j'ai du mal à avaler. Je les regarde s'éloigner, mes yeux me brûlent de toutes ces larmes non versées, la montée d'adrénaline, la peur, l'envie, le désir, l'espoir, tout se cristallise dans un tourbillon d'émotions.

Et soudain je l'entends. Mon partenaire est derrière moi.

Je me contracte, il s'avance vers moi tel un chasseur, doucement, précautionneusement, afin que je ne sursaute pas. Je dois soit être effrayée à en mourir, soit faire confiance à la Gardienne Egara. S'il est vraiment à moi, il le saura. Il m'écoutera, il ne me fera aucun mal. Il ne posera pas ses énormes mains sur moi et ne me tordra pas le cou comme si j'étais une simple brindille. Non.

J'enfonce les mains dans les poches de ma cape et extirpe ses bracelets. Rassurée par les bracelets lourds dans la paume de ma main, je défais l'agrafe située au niveau de ma gorge, la lourde cape tombe à mes pieds.

Deek se fige sur place tandis que je m'éloigne de la

cape tombée à terre ; mes seins sont moulés dans la robe Atlan au corset doré, il y a du monde au balcon. Le décolleté en V est très échancré, il m'examine le souffle court, inspecte avidement la moindre parcelle de mon corps, de la tête aux pieds. Il rugit et se précipite sur moi en voyant les bracelets à mes poignets et ceux que je tiens dans ma main.

En un clin d'œil me voici collée au mur, son corps imposant se plaque contre le mien pour me bloquer. « Bracelet. Partenaire. »

Un sentiment d'euphorie me parcourt en reconnaissant les bracelets et en comprenant leur signification. Il se penche et lèche mon cou, mon épaule, mon décolleté, comme s'il se délectait de mon corps, je soupire, soulagée et excitée à l'extrême. Je me sens toute petite à côté de lui, très femme. Mon dieu, son sexe dressé contre mon ventre a tout d'un glaive.

Il lève mes mains au-dessus de ma tête et attrape mon poignet d'une main ferme, ses bracelets plus imposants restent suspendus mais je ne vais pas les laisser tomber. Je dois faire en sorte de les lui passer aux poignets.

Les bracelets métalliques s'entrechoquent, le bruit résonne dans l'ambiance surchauffée. Je suis piégée, les mains au-dessus de ma tête et son corps plaqué contre le mien, totalement à sa merci. Mon dieu, j'espère sincèrement ne pas avoir commis la plus grosse erreur de toute ma vie.

« Partenaire. » Il bloque mes bras de sa main libre, prend les bracelets et me les montre.

Ma tête repose douloureusement contre le mur massif, j'articule un « Oui. »

J'ai les bras au-dessus de la tête, mes gros seins pointent et se pressent contre son torse massif. Je ne peux pas répondre, je suis subjuguée. Il est si beau, si grand, si sauvage et parfaitement musclé. Je l'ai désiré au moment où je l'ai vu.

Il baisse la tête, son souffle court est le seul bruit qu'on entend. J'ouvre les yeux, relève le menton, la bête me regarde intensément.

« Besoin, grogne-t-il. Te baiser. »

Je suis sous le choc, je réalise qu'il me demande la permission. Cet homme-bête me demande la permission. En dépit de sa fièvre et malgré son air déchaîné, il veut obtenir mon consentement. Mes mains sont bloquées mais je sais qu'il me relâcherait si je changeais d'avis. Ça m'excite encore plus. Je suis excitée depuis ce rêve de folie au centre de recrutement des épouses. Je me lèche les lèvres, j'ai du mal à respirer. Il ne veut pas m'épouser, il veut juste me baiser. Peu importe, cette partie de jambes en l'air promet d'être mémorable.

Sa bite chaude en érection se presse contre moi, soudain, je n'ai qu'une envie, enrouler mes jambes autour de sa taille et m'empaler. C'est mon partenaire, je ne vais pas le lui refuser. Je peux le baiser maintenant, dans l'espoir d'apaiser la bête et tenter de lui faire entendre raison une fois qu'il aura repris ses esprits.

« Oui, je veux te sentir en moi. »

J'en ai besoin.

Il pousse un grognement et me retourne contre le mur, comme dans mon rêve. Il lâche mes poignets, j'essaie de bouger mais je n'arrive pas à me libérer, les bracelets en or sont fixés à un crochet métallique que je n'avais pas remarqué dans le mur. Je tire dessus, peine perdue. Je suis désormais prisonnière.

Il retire facilement ma robe même avec les bracelets dans ses mains, elle tombe à mes pieds. Son corps me semble encore plus chaud dans la pièce fraîche. Je le sens derrière mon dos.

J'attends qu'il place sa bite devant mon vagin et qu'il me pénètre profondément. Mais les mains de Deek parcourent mon corps, soupèsent et massent mes seins lourds, pétrissent mes cuisses et mes fesses. Il caresse le moindre centimètre carré de mon corps, de mes doigts de pieds jusqu'à la courbe de mon ventre, la courbure de mes sourcils, tout en poussant un grondement sourd. Ça m'excite tellement que je mouille. Ma chatte est si brûlante qu'elle palpite à chaque battement de cœur, le désir qui va crescendo me donne envie d'être pénétrée, de jouir.

« Vas-y, » ordonnais-je, ma patience est à bout. J'ai traversé toute la galaxie pour sauver cet homme qui s'amuse à me faire des câlins, j'ai tellement envie de lui que j'en pleurerai presque. C'est la première fois que ça m'arrive, je n'ai jamais ressenti un tel désir. « Bon sang je t'en supplie. Baise-moi. »

Pan !

Pan !

Pan !

J'ai le cul littéralement en feu tandis que sa main s'abat lourdement sur mes fesses nues, cette fessée endiablée me fait frissonner de choc et de désir.

« Deek ! Qu'est-ce qui te prend ? »

Je regarde derrière mon épaule, sa main s'abaisse et me frappe sans relâche.

Pan !

Pan !

Pan !

« Pas d'ordres. » Il s'occupe de l'autre fesse, je fonds littéralement.

Pas d'ordres. D'après les dires de Dax, c'est un commandant, il est responsable de son propre bataillon de guerriers. Il aime commander, on dirait que ça vaut également pour moi. Je fonds littéralement sous ses ordres, quelque chose en moi lutte pour que j'abandonne, que j'obéisse. Je suis piégée, entièrement à sa merci, je m'abandonne complètement.

Je pousse un gémissement, mes jambes ne me soutiennent plus, je suis suspendue par les bracelets que je porte aux poignets. Il me soulève immédiatement, me soutient avec une force surhumaine et me tourne vers lui.

« Mienne. »

Il me soulève tout en me regardant dans les yeux. Je suis nue, il se tourne, son énorme gland dilaté se fraye un passage dans ma vulve. Il me pénètre doucement d'un coup d'un seul, il me dilate et s'enfonce profondément.

5

Commandant Deek

JE COMMENCE à y voir plus clair tandis que ma bite pénètre son corps doux, comme si un brouillard se dissipait peu à peu. Son excitation serait donc l'antidote à la fièvre, ce n'est pas un mythe ? La bête est-elle apaisée grâce à cette sensation chaude et étroite que j'éprouve ? J'en découvrirai les raisons ultérieurement. Pour le moment, elle est parfaite entre mes bras, sa douceur apaise la rage de ma bête. Elle est douce partout, ses gros seins, ses fesses rondes, ses cuisses. Si douce que j'ai l'impression de me fondre en elle, elle m'accueille en elle comme jamais.

Je contemple la passion qui se lit dans ses yeux verts, je sais qu'elle ne vient pas de ma planète. C'est une humaine, comme la femme de Dax.

Femme.

La bête aime son odeur, sa peau, son goût, sa chatte étroite. J'ai envie de savourer la moindre parcelle de son corps, mais la bête ne va pas céder du terrain.

Elle est furieuse d'être emprisonnée, elle refuse d'abandonner avant de l'avoir baisée et d'avoir éjaculé en elle.

Tiffani.

Je sais pas comment elle est arrivée là ni quelle folie lui a dicté de venir dans ma cellule de confinement.

La bête s'en fiche. Elle veut baiser. Et vu le regard enflammé que je lis dans ses yeux, elle aussi. Et moi aussi. Elle m'appartient. Les bracelets qu'elle porte aux poignets en sont la preuve flagrante. Je reconnaîtrais les armoiries de ma famille n'importe où. Je lui demanderai plus tard comment ça se fait qu'elle les porte. Ça fait beaucoup de questions.

Pour le moment, elle porte mes bracelets, ce qui signifie qu'elle a été choisie pour m'appartenir. Pour que j'éjacule en elle et la fasse mienne.

Mienne.

Je m'empare des bracelets métalliques qui se sont réchauffés au contact de ma main, leur présence me calme, me redonne espoir. Elle va savoir que je l'ai choisie de mon plein gré. Ma bite est toujours profondément enfoncée en elle, ce qui indique que ma bête la désire, j'ouvre un bracelet et le mets à mon poignet, le fermoir se referme automatiquement. Il s'ajuste de lui-même tandis que j'enfile le deuxième.

J'éprouve soudainement un sentiment de

reconnaissance. Ça n'a rien à voir avec le lien psychique que les Prillons partagent avec leurs femmes. C'est fondamental. Savoir que cette terrienne et moi portons les mêmes bracelets, que nous ne pourrons pas être séparés sans éprouver de la douleur, sans baiser et se marier, est primordial. Crucial. A la vie à la mort.

Je le savais. Dans mon for intérieur, je n'ai pas besoin que la bête rôde et fasse les cent pas, se blottisse dans son cou, sente son odeur. La lèche, la goûte, la baise, la pénètre.

Elle nous appartient, la bête et moi. Elle en est consciente, elle l'accepte et se contracte sur ma bite, sa chatte dégouline, elle est toute trempée d'excitation.

Je m'attarde sur ses lèvres roses, son joli visage et, plus bas, ses seins ronds et nus que je dévore des yeux. Elle est plus petite qu'une Atlan mais plus voluptueuse, ses gros seins débordent de mes mains tandis que je les soupèse et titille ses tétons roses. Son corps est tout en courbes, rond et si doux, extraordinairement doux de partout, sa peau est plus douce que les pétales des fleurs les plus délicates qui poussent dans le jardin de ma sœur.

Je baisse la tête en faisant attention aux dents de la bête et dévore sa bouche tout en la pénétrant. Ce baiser est incroyable. Nos langues se mêlent, elle est chaude et épicée. J'ai envie de la goûter partout, de tomber à genoux, de lécher et goûter sa vulve chaude.

C'est ce que je fais. Je me retire et m'agenouille devant elle, elle pousse un gémissement. Ma bête grogne, la chaleur de son vagin lui manque. Mais la bête n'a plus le dessus. A mon tour. Je suis désormais en mesure de repousser tout ce côté sauvage, cette fièvre bouillonnante, de penser, de maîtriser ma force comme avant. Je suis toujours en mode bête, mon corps s'est transformé en celui d'un guerrier géant pour la posséder en bonne et due forme.

« Mienne. » Ça s'apparente plus à un grognement qu'à autre chose tandis que je pose ma main sur sa cuisse et écarte ses jambes. Ses muscles sont contractés, je respire son odeur, me penche et lèche sa fente, son gémissement ne fait qu'accentuer ma fièvre.

Mais cette fois-ci, la lave en fusion qui coule dans mes veines a une échappatoire. Ma partenaire. Je maîtrise ma bête. Je vais pouvoir intimer l'ordre à son corps de jouir sans relâche.

Ma bête grogne en sentant son goût sur ma langue. Ce n'est plus un grognement de colère, mais de désir. Je la branle avec ma langue, mes lèvres, je la suce, je la lèche, je prodigue toute mon attention à son clitoris, apparemment ça lui plaît, puisqu'elle ondule des hanches et halète de plaisir.

Je glisse un doigt dans sa délicieuse intimité et tombe pile sur son point G, je lui arrache des cris de plaisir, elle se tortille et s'empale sur mon doigt. Ma main posée sur sa hanche l'empêche de bouger, je lèche et suce son clitoris jusqu'à ce qu'elle jouisse.

Je remonte ensuite le long de son corps, je suce ses tétons l'un après l'autre et dévore sa bouche. Elle est douce, son baiser est plus langoureux, moins empreint de désir. J'ai fait selon son bon plaisir. Je lui ai procuré l'orgasme dont elle avait besoin. Et je vais recommencer.

Je passe mes mains derrière ses cuisses et la soulève afin qu'elle enroule ses jambes autour de ma taille. Mon sexe s'enfonce d'un coup d'un seul dans sa chatte. Rien ne m'arrêtera. Ma bête et moi sommes synchro. Il est temps de baiser, de la prendre et, vu sa façon de hurler *oui, oui, oui* à chaque coup de boutoir, elle ne fait pas semblant. Elle prend du plaisir sur ma bite.

Son vagin se contracte comme un poing sur mon sexe et elle jouit à nouveau, elle me pompe, elle m'attire plus profondément en elle. Elle ne pense plus à rien, ses mains sont entravées. Les yeux fermés, les joues rouges. Ses seins tressautent et se balancent au rythme de mes coups de boutoir. Je sens mon orgasme monter, mes couilles se contractent, je suis prêt à éjaculer.

J'embrasse son cou, sa peau salée en sueur. Je la respire tandis qu'elle continue de jouir.

Les mouvements ondulatoires de son vagin ont raison de moi, la bête la pilonne à fond une dernière fois et jouit. Giclée après giclée, je l'inonde de sperme. Je grogne de plaisir, les yeux fermés, mon cou et les moindres muscles de mon corps sont tendus comme un arc. Je m'abandonne totalement à ce plaisir exquis qui me submerge, que j'injecte dans ma partenaire.

Elle m'appartient. Baisée et marquée. Bracelets mis. Possédée. Pour la première fois depuis des jours, je me sens bien. Apaisé. La fièvre est tombée, je suis redevenu un Atlan, la bête est comblée. Toute cette violence contenue a cédé la place au plaisir, je suis assouvi, satisfait de son odeur, de son excitation, je m'en imprègne. Comblés de sentir notre partenaire dans nos bras et pouvoir s'abandonner contre son corps accueillant. Je donne un dernier coup de rein histoire de sentir son vagin enserrer une dernière fois ma bite, elle me caresse avec ses jambes, ses petits pieds délicats caressent mes fesses et mes cuisses, elle a besoin de me toucher, de me découvrir à son tour.

Je défais les liens qui enserrent ses poignets, ses bras retombent tandis que je la tiens contre le mur, saine et sauve dans mes bras. Elle se lève immédiatement et enfonce ses doigts dans mes cheveux, me caresse, les ébouriffe, me faisant comprendre qu'elle se sent bien, qu'elle me considère comme son partenaire. Le fait de savoir qu'elle porte mes bracelets, que personne ne pourra me la prendre, apaise la bête comme jamais.

Pour la première fois depuis une semaine, je suis à nouveau le Commandant Deek. J'ai des milliers de guerriers sous mes ordres dans la Flotte de la Coalition, leur obéissance n'est rien comparé à la soumission dont a fait preuve cette femme. J'ai combattu et serais prêt à mourir pour ces guerriers.

Mais je suis prêt à tout pour cette femme, cette étrangère, ma splendide partenaire.

Pour tout Atlan, les bracelets que je porte en sont la preuve flagrante.

L'homme et la bête lui appartiennent désormais.

TIFFANI

. . .

Oh, mon dieu. Je n'ai jamais … j'ai déjà joui avant lui mais jamais comme ça. Bon sang. J'essaie de reprendre mon souffle, de comprendre ce qu'il est en train de me faire. À mon corps.

Je me contracte sur la bite de Deek, je sens son sperme couler en moi et dégouliner le long de mes cuisses. Il me pilonne avec ses coups de hanches, il s'agrippe à mes fesses, il vient de m'administrer une fessée—

Il m'a donné une fessée !

Et j'ai adoré ça. Totalement. C'est un vrai guerrier Atlan, il m'a donné des ordres, quelques mots ont suffi pour que je lui obéisse, qu'il prenne le contrôle de mon corps. Ce n'était pas un acte gratuit. C'était réfléchi. J'ai vu son regard changer lorsqu'il m'a pénétrée pour la première fois. Son regard est passé de purement animal, déconnecté des réalités, à la pleine conscience. Comme si mon corps l'avait libéré d'une souffrance.

On m'avait bien dit que j'étais la seule à pouvoir calmer la bête. Sarah a insisté sur le fait que j'allais devoir le séduire, le baiser pour qu'il redevienne lui-même. Mais j'en doutais. Au fond de moi, je savais que seules des paroles douces, une caresse sur la joue ou une main passée dans ses cheveux bruns lui procureraient un réel apaisement. Je n'avais pas vraiment compris. Dax m'avait pourtant bien avertie.

« Il n'est pas humain. »

Non. Mon partenaire n'est pas humain. Je l'ai dompté, pas parce qu'il m'a pénétrée sauvagement. Mon atout dans cette histoire, c'est que je suis le médicament dont il avait besoin.

Mon dieu, mon vagin a un super pouvoir ? Super-Chatte ! Il me faudrait une cape ou quelque chose qui aille avec mon nouveau nom de super héros.

Deek baisse délicatement mes jambes et se retire. Je ne peux réprimer un gémissement de douleur. Je n'ai plus l'habitude de baiser—ça faisait longtemps. Je n'ai jamais été pilonnée par une queue aussi grosse, si besogneuse. Je ne vais pas m'en plaindre. Je me sens encore plus féminine, plus puissante, grâce à cette légère sensation d'inconfort.

Sans mot dire, Deek me porte dans ses bras comme si je pesais le poids d'une plume et me dépose sur le grand lit. Il m'allonge et m'attire dans ses bras, je me sens en sécurité avec cette immense bête géante derrière moi. Rien ne peut m'arriver tant que je suis dans ses bras. Rien ne peut m'atteindre. Il m'appartient.

Et je lui appartiens.

Il enfouit son nez dans mon cou et m'attire contre sa poitrine, il m'enlace, il fait dos au champ de force et à la caméra placée devant sa cellule. Sa chaleur m'enveloppe, je réalise à quel point je suis épuisée. Entre le vol jusqu'au centre de recrutement des épouses, mon arrivée au château de Dax et Sarah et l'angoisse à l'idée de rencontrer mon partenaire, je suis si fatiguée que je n'arrive plus à garder les yeux ouverts.

« Dors. »

Mon corps a obéi à son contact, mes yeux se ferment et je rêve.

Tiffani

Je me réveille lentement, c'est chaud, confortable, je n'ai pas envie de bouger. Un sexe en érection se presse contre mes fesses, se frotte contre ma vulve en un lent glissement chaud. Deek relève ma jambe derrière moi et la pose sur sa hanche, je ne résiste pas. Je ne résiste pas non plus lorsque son membre raidi me pénètre par derrière. Son énorme queue me dilate, sa main de fer immobilise ma cuisse, l'écarte pour mieux me pénétrer.

Sa main glisse plus bas sur ma cuisse, il pousse un grondement sourd en caressant mon ventre rond et doux, mon sexe se contracte de désir.

Deek pousse un grognement sourd et me caresse de sa main. Il s'introduit entre les replis humides de ma vulve et branle mon clitoris tout en me baisant lentement, effectuant de lents mouvements de va-et-vient, comme s'il avait des heures pour m'exciter, me baiser, jusqu'à ce que je le supplie.

Je sens l'odeur de nos fluides, le mélange de nos sueurs et son sperme qui macule l'intérieur de mes cuisses. Il le frotte sur ma peau, comme s'il voulait laisser la trace de son odeur. Il semble satisfait, il s'occupe de mes seins, en prend un dans sa grosse main, son pouce effleure mon téton durci. Je halète tandis que je sens son membre en érection gonfler en moi, sa caresse est très sensuelle.

« Qui es-tu, Tiffani ? » demande Deek, d'une voix grave et rauque, très masculine.

Je lui adresse un coup œil par-dessus mon épaule—je lève les yeux, il est bien plus grand que moi—mais je m'aperçois qu'il est désormais plus petit, ses épaules ne sont pas si larges que ça, ses dents terrifiantes ont quasiment l'air... normales. Il est plus grand et plus costaud que n'importe quel autre homme mais il n'a plus rien d'effrayant. Ses yeux vert foncé cerclés d'or semblent fascinés par ce qu'il fait, en voyant mon corps répondre ardemment à sa caresse.

« Je m'appelle Tiffani Wilson. J'ai vingt-sept ans. Je suis originaire de la planète Terre. » Je ne sais pas trop ce qu'il attend de moi, je sais plus trop quoi dire. « Mon père était flic.

– C'est quoi 'flic' ?

– Euh, la police. Le maintien de l'ordre ? »

Deek hoche la tête et me pompe doucement, en un lent mouvement de va-et-vient, comme si le fait de baiser en parlant était tout ce qu'il y a de plus normal.

« C'était un guerrier. Un protecteur ? Ça explique ton courage.

– Je ne suis pas courageuse, Deek. Mais effectivement, je lui dois beaucoup. Je respecte la loi. Ma mère— »

Il ondule des hanches et titille mon téton entre ses doigts. Je halète tout en essayant de terminer ma phrase. « Ma mère faisait des petits boulots, elle est restée à la maison pour m'élever. Du moins, jusqu'à ce qu'il meure. »

Va. Et vient. Il me soulève à peine, me pilonne plus rapidement par trois fois. Je ferme les yeux, il s'arrête.

« Tiffani.

– Hmm ?

– Raconte. Je veux apprendre à te connaître.
– J'arrive pas à réfléchir quand tu …
– Fais ça ? Il se remet à me baiser lentement.
– Oui. »

Il glousse et mordille ma mâchoire. « Parfait. Continue de parler. Prends ça comme un challenge personnel. »

Je souris, je fonds pour cet étranger. Il semble avoir le sens de l'humour. C'est la première fois qu'un mec s'attarde sur des préliminaires. Les quelques amants que j'ai eu étaient plus intéressés par un aller-retour vite fait bien fait et basta. L'expérience est toute nouvelle et c'est... amusant.

Mon dieu, j'aurais jamais cru que le sexe pouvait être aussi drôle.

Sa voix grave résonne tandis qu'il soupèse mon sein dans sa grosse main. « Tu acceptes le challenge ou j'arrête ?

– Arrêter quoi ?
– De baiser. »

Oh, ça non alors. « N'arrête pas.

– Alors raconte-moi la suite.
– Mon père a eu une crise cardiaque quand j'avais quatorze ans. Ma mère s'est mise à boire. Elle m'a fichu dehors à peine mon lycée fini.
– C'est pas à son honneur. »

Je soupire. « Elle était brisée. J'ai passé quelques années difficiles mais je m'en suis sortie. Elle est morte depuis.

– Tu vivais seule sur Terre ?
– Oui. » Toute seule, je ne vais pas commencer à lui

décrire mes longues nuits solitaires après des journées de travail épuisantes. Toutes ces garces maigrichonnes qui racontaient des saloperies derrière moi pendant que je trimais comme une malade. Mes amis du lycée ont fait l'université, se sont mariés, ont fondé des familles. Quand je faisais les courses ou que je marchais dans la rue, j'avais droit à des commentaires sur ma taille. Seule ? Isolée ? Solitaire ? Ouais. On peut dire ça comme ça.

Il caresse doucement mon ventre comme s'il essayait de m'apaiser, de soulager ma peine. Je dois avouer que ça marche, je fonds littéralement, je suis tout à fait détendue, relaxée tandis qu'il me pénètre, je me sens importante. Belle. Aimée.

Une grosse larme roule sur ma joue et finit sur les draps, j'essaie de faire abstraction, je me mords les lèvres pour essayer d'endiguer les suivantes. J'ignorais que se sentir aimée était si douloureux.

Il m'encourage à rompre le silence. « Qu'est-ce que tu faisais sur Terre ?

– J'étais serveuse. » Je ne sais pas s'il sait ce que c'est, j'explique, « Je servais à manger aux gens.

– De l'aide à la personne. Ça m'étonne pas. Tu aimais ton travail ? »

Je manque étouffer de rire. « Non. Pas vraiment.

– Alors tu feras pas ça ici. »

Pouf, comme ça, comme s'il pouvait résoudre les problèmes de ma vie par sa seule volonté. Mais à cet instant, je m'en fiche. Mon corps part en vrille. Mon vagin est si sensible, si gonflé, ses va-et-vient me procurent une décharge électrique dans tout le corps. J'ai besoin qu'il se concentre. Assez discuté. Je contracte les parois de mon vagin, je sens un léger frémissement parcourir les muscles de sa poitrine lorsqu'il se presse contre mon dos. Je remets ça.

« Je suis... je suis ta partenaire, Deek. Tu m'appartiens.

– Mienne. » Son grondement sourd est plus bestial qu'humain.

Oui ! Il s'occupe de mon autre téton et je le regarder baisser la tête, lécher doucement mon épaule, enfouir son nez dans mes cheveux, me renifler tandis que sa main glisse vers mon clitoris, il m'excite en m'explorant doucement, je n'ai pas la moindre envie de lui résister.

Il branle mon clitoris, tire sur mes tétons, parcourt mon corps sans hésitation, explore chaque centimètre carré, me fait sienne, pendant que son sexe s'enfonce profondément, va et vient, rapidement puis lentement. Le tout sans cesser de me regarder, visiblement fasciné.

Mon orgasme me submerge subitement, mon corps souple se détend sous ses mains pendant un moment, je m'abandonne. Il ne me quitte pas des yeux, ses doigts accélèrent la cadence, me procurent un autre orgasme, je suis comblée tandis qu'il me pilonne profondément, l'allure devient frénétique, il me pousse au paroxysme, il éjacule en moi, son sperme gicle dans mon vagin.

Il m'immobilise, je me plaque contre lui, nous respirons à nouveau normalement. Je reste allongée avec sa bite toujours en moi, sa carrure massive me procure un sentiment de sécurité, je me sens femme, désirable.

Et toujours cette question qui me taraude parmi les brumes sensuelles de mon cerveau. Une question d'importance. « On est mariés maintenant ? Tu es ... ta bête ... vous allez bien ? »

La lumière crue de la cellule se réfléchit sur le métal à son poignet, je lève ma main pour toucher son bracelet. Il relève la tête, nos regards se croisent. « Oui, on est mariés maintenant. J'ai éjaculé en toi alors que j'étais la bête. Nous portons les bracelets de ma famille aux poignets. Ce n'est même pas la peine de poser la question. Mais comment t'es arrivée là ?

– Je peux répondre à ça. »

Deek se tourne rapidement, trop vite pour que je comprenne quoi que ce soit, il recule et cache ma nudité à la vue de l'homme ayant répondu à sa question.

« Dax, » répond Deek.

J'ai le souffle coupé, je réalise que l'autre guerrier Atlan de l'autre côté du champ de force a pu me voir. *Aurait pu*. Il aurait *pu*, mais plus maintenant. Deek fait totalement écran avec son corps.

« Tourne-toi, Dax. J'aimerais couvrir ma partenaire.

– Bien sûr. »

Je ne peux pas voir ce qui se passe mais j'imagine que Dax s'est tourné. Deek ramasse ma cape par terre. Il la déploie et m'enveloppe dedans.

Il me regarde, son regard aiguisé est bien celui d'un guerrier. « Personne n'a le droit de te voir. Ton corps m'appartient. »

Je me sens désirable. Je n'ai pas envie d'être possédée par un autre, ça irait à l'encontre de mes principes profondément féminins et j'y tiens. Lorsque c'est Deek qui les prononce, ces paroles revêtent une connotation très protectrice et... de perfection. J'ai *envie* que ce soit lui qui me possède, il est hors de question que je me comporte différemment à son égard. Un mariage n'a rien à voir avec un coup d'un soir avec un mec rencontré au bar. Je sens notre connexion, je la sens dans mon vagin et dans mes cuisses.

Il me tourne autour une fois la cape enfilée. Elle me cache de la tête aux pieds, sauf que cette fois, je suis nue dessous, ma robe est par terre.

« Seigneur de guerre, explique-toi, » ordonne Deek, les épaules rejetées en arrière, tout dans son attitude montre qu'il est le chef. Même nu, il est magnifique et impérial. Je suis pudique, ce n'est apparemment pas son cas.

« Vous avez passé les tests de recrutement conformément au protocole de la Coalition à bord du *Cuirassé Brekk*, avant d'être transporté ici. Tout comme moi. Vous deviez être exécuté, je savais qu'il n'existait qu'une seule femme dans tout l'univers capable de vous sauver de cette fièvre de l'accouplement. »

Deek m'attire contre lui et passe un bras protecteur autour de ma taille.

Dax et Sarah se tiennent de l'autre côté du champ de force, comme tout à l'heure, avant qu'ils s'en aillent. Ça remonte à quand ? Ils ont l'air plus détendus mais nous regardent d'un air interrogateur.

« Tiffani, répond Deek. Ma partenaire idéale. » J'aime entendre mon prénom prononcé de sa voix grave.

Dax acquiesce. « C'est une forte tête. Elle a obligé le Programme des Epouses à la transporter ici, persuadée qu'elle pourrait—voulait—te sauver. »

Un mélange d'admiration et de respect se lit dans son regard comblé.

« Et elle a réussi. »

Dax respire bruyamment, je me tourne vers lui. Sarah lui prend la main et sourit. Il fait de même. Je me rends compte qu'il ignorait que l'accouplement avait apaisé la bête et fait baisser la fièvre. Tout ce qu'ils savaient, c'est que j'étais la seule chance de survie pour leur ami.

« Vous portez les bracelets. »

Deek en montre un à Dax et rigole. « Ma bête est apaisée. Je suis—il me regarde avec déférence, —à elle.

– Gardes ! crie Dax, sa voix tonitruante résonne sur les murs. Gardes, » répète-t-il, on entend des pas lourds approcher.

« N'aie crainte, murmure Deek. Tu t'es montrée très courageuse. À mon tour de veiller sur toi. »

Aucun homme ne m'a jamais murmuré de telles paroles. Je me sens réconfortée, apaisée, en sécurité. Je ne m'étais pas rendue compte de ma solitude, de combien j'avais dû avancer dans la vie sans le soutien de... personne. Ma gorge se noue et je refoule mes larmes.

Les gardes arrivent, Deek reporte son attention ailleurs.

« La fièvre du Commandant Deek a baissé. Relâchez-le immédiatement, » ordonne Dax.

Les quatre gardes portent une armure similaire, moulante, je n'en ai jamais vue de pareil. L'étrange tissu semble impénétrable, il moule leurs muscles et révèle leurs corps dans les moindres détails. Ils ont l'air immenses et indestructibles dans leur tenue de camouflage marron et noir. J'essaie d'imaginer la carrure impressionnante de Deek dans une telle armure et je grogne presque de désir. Bon sang, il est vraiment super canon.

Le garde le plus gradé approche. Il regarde Dax, qui vient de lui donner l'ordre et Deek. Il écarquille les yeux en constatant que je suis du mauvais côté du champ de force.

« Commandant. »

Deek lui montre sa main libre afin qu'il voie son bracelet. « C'est la vérité. Voici ma partenaire, nous sommes accouplés. Faites venir le médecin pour qu'il constate que la fièvre est tombée. »

Le garde jauge Deek l'espace d'une seconde, puis moi. Je le fixe, le mettant au défi de me renier. Je ne quitterai pas cette cellule sans mon partenaire.

Il soutient mon regard quelques secondes avant d'acquiescer. « Bien, Commandant. »

Le médecin arrive sur le champ, le champ de force est désactivé afin qu'il puisse entrer. Deek passe avec succès des tests comprenant différents objets lumineux.

« Vous avez une sacrée chance, Commandant, » dit le médecin. Il est plus petit que Deek, son uniforme vert foncé me rappelle la couleur des pins et de la mousse. La forme est semblable à l'armure des gardes mais le tissu n'a pas l'air rigide, ni fait pour combattre. Il est ample, ne lui colle pas au corps et semble plus agréable à porter. Ses cheveux sont châtain clair, les tempes grisonnantes, son regard gris est concentré et professionnel tandis qu'il examine Deek. Il ne fait aucun doute que cet homme a été un guerrier à un moment ou un autre.

Deek retourne à mes côtés, enlace mes épaules et

m'attire contre lui. Il me regarde en souriant. Son masque impénétrable disparaît et je devine un homme affectueux derrière une façade impérieuse. « Oui, en effet. »

Il m'embrasse devant le médecin, devant les gardes, devant Dax et Sarah, devant tout le monde, il est fier qu'on nous voie ensemble, que tout le monde sache que je lui appartiens, à lui et lui seul.

Le choc me cloue sur place et je mets quelques secondes avant de réagir. J'enlace sa taille et l'attire contre moi. Son grognement arrache un petit rire à Dax, mais Deek fourre simplement sa grosse main dans mes cheveux et me retient, en vue d'une exploration plus approfondie.

Le médecin s'éclaircit la gorge. « Je vais signer les documents nécessaires à l'annulation de l'exécution. Vous êtes libres. »

Deek me relâche enfin et je m'écarte, le médecin regarde le garde se tenant à l'extérieur de la cellule.

« Relâchez-le immédiatement. »

Je suis tellement excitée et soulagée que j'ai l'impression que mon cœur va bondir hors de ma poitrine. J'ai réussi ! Putain de merde. Je suis venue d'une autre planète, j'ai séduit et sauvé la vie d'un extraterrestre.

Il est à moi. Rien qu'à moi. Je ressens un mélange de joie et d'anxiété. J'ignore qui il est, ce qu'il pense de tout ça. La gardienne au centre de recrutement des épouses m'avait promis qu'il serait l'homme idéal et j'espère vraiment, mais alors vraiment, qu'elle n'a pas menti.

Et si je ne lui plaisais pas ? Et s'il trouvait mon humour complètement stupide ? J'adore porter des vêtements colorés, très colorés. Et s'il avait envie que je ne porte que du rouge ou du noir, que je mange de la salade tous les jours ? Et s'il déteste la musique ? Et si, maintenant que sa fièvre est tombée, il décide qu'il ne veut plus de moi ?

Je réalise enfin, pour la première fois, que j'ai épousé un parfait inconnu.

6

eek

JE SUIS ma petite partenaire dans sa nouvelle maison. J'y viens rarement, j'ai passé dix longues années à bord du *Cuirassé Brekk*. Je n'y retournais que lors des permissions. Jusqu'alors, la grande maison faisait office de simple dortoir. En compagnie de ma partenaire, je me sens enfin chez moi.

Mienne.

Je me le répète en boucle. C'est devenu un mantra, à chaque fois que je regarde Tiffani, que je sens sa douce odeur, que je me remémore la chaleur de sa chatte chevauchant ma bite. *Mienne.*

La bête est certes apaisée, j'arrive à me contrôler mais elle reste tapie dans l'ombre. Elle surgit des profondeurs de mon âme à chaque fois que Tiffani passe à côté de moi, prête à bondir sur elle, la toucher, la baiser, laisser l'empreinte de son odeur et de son sperme.

Les autres guerriers en parlent, leur bête voue une dévotion farouche à leur partenaire, mais je n'avais jamais vraiment compris ce que ça impliquait, ce besoin bouleversant et primaire de la protéger, de la baiser, de tomber à ses pieds et placer mon âme malmenée sous sa sauvegarde.

Le changement d'attitude de Dax depuis qu'il est en couple avec Sarah m'a ébranlé. Leur connexion est touchante, ce grand seigneur de guerre adore sa partenaire terrienne d'une façon si... attachante. Et dire que je croyais dur comme fer que ça ne m'arriverait jamais. Mais me voici marié avec ma terrienne, je ferai tout, *vraiment tout*, pour elle.

Elle a déjà fait montre d'un courage à toute épreuve. Elle a refusé le contre-ordre de transport et a traversé la galaxie. Elle a pris le risque de pénétrer dans ma cellule alors qu'elle aurait pu se faire arrêter. Elle a tout fait pour me sauver, moi, pauvre guerrier inconnu.

Je n'ai jamais rencontré personne faisant preuve d'une telle compassion, d'un tel courage. Je suis persuadé qu'elle est trop bien pour moi, je serai prêt à tuer pour la garder. Elle m'appartient, je ne la laisserai jamais tomber.

Je suis un Commandant. Je suis responsable. Sauver des vies, c'est mon rayon.

Mais cette femme nous a rendu humbles, la bête et moi.

La bête a assisté à de nombreuses batailles. J'ai tué des centaines de soldats de la Ruche, je les ai démembrés, je les ai vu se tordre de douleur, se vider de leur sang et hurler à l'agonie. La bête n'a jamais rien ressenti. Rien, hormis la satisfaction de les voir réduits en pièces à mes pieds.

Et maintenant... ce monstre au cœur de pierre ressent *quelque chose*. Pour elle. Une femme que je connais à peine, une épouse extraterrestre venant d'une planète reculée. Une étrangère.

« Ta nouvelle maison te plaît, Tiffani ?

– C'est magnifique. » Elle sourit timidement, sa main douce parcourt le dossier du grand canapé dans ma chambre, je réalise alors que ça n'a rien à voir de baiser sans émotion aucune, pour que la bête assouvisse ses besoins. C'est tout à fait autre chose d'être à côté d'elle, un homme apprenant à connaître sa femme, essayant de la mettre à l'aise, lui montrant sa nouvelle maison, découvrant son passé, son histoire.

La bête s'en fiche, son cœur primitif n'est pas capable d'une telle finesse. Elle voit. Elle désire. Elle baise. Mais cette nature primitive la protégera, la bête serait prête à mourir pour la protéger, elle tuerait sans la moindre hésitation pour la sauver.

Tout comme moi.

Je m'approche de la fenêtre et de la petite table adjacente. Une bouteille de notre meilleur cru est débouchée — un serviteur l'a préparé en notre honneur —je remplis deux verres d'un liquide violet foncé et en offre un à ma partenaire.

Nos doigts se frôlent et la bête rayonne de bonheur devant ce léger frôlement.

Cette femme a fait chavirer mon cœur. Je lui appartiens, corps et biens. Inutile de porter les bracelets pour s'en convaincre. Elle n'a pas l'air de comprendre leur signification profonde, ni ma dévotion la plus totale et inébranlable.

« Demande ce que tu veux, partenaire et tu l'auras.

– Même une cape de super-héros ? » L'humour fait pétiller ses yeux verts. J'aimerais mieux la connaître pour comprendre les raisons de son hilarité.

Je ne comprends pas ce à quoi elle fait référence, mais je ferai tout pour lui plaire. « Je vais appeler un tailleur. J'ignore de quoi tu parles mais il la fera si tu lui fais un croquis ou fournis des explications. »

Elle éclate de rire et son rire fait fondre mon cœur. « Ça ira. Je ne pourrais pas la porter ici. » Elle boit une gorgée de vin et me regarde par-dessus son verre.

« Sarah a dit qu'elle voulait organiser une fête pour notre mariage.

– Tu rougis, dis-je, c'est flagrant.

– Ça me... gêne.

– Quoi, la fête ?

– Oui, tout le monde va savoir ce que j'ai fait. Ce qu'*on* a fait. »

Je me renfrogne. « Personne ne se moquera de notre union. Ils vont te trouver très courageuse, tout comme moi. »

Elle rougit de plus belle et sourit.

« Je ne suis pas courageuse en temps normal, avoue-t-elle. Je laisse faire, je laisse les gens se débrouiller. » Elle mord sa lèvre et regarde son verre de vin ; la tristesse qui se lit dans ses yeux me serre le cœur. « Notamment les hommes.

– Qu'est-ce que tu dis ? Les hommes de ta planète t'ont fait du mal ? » Mes yeux s'étrécissent, ma bête se réveille, révoltée de la sentir peinée. La bête tuerait quiconque oserait lui faire du mal. C'est stupide, irrationnel et complètement illogique, ces hommes vivent sur une autre planète à l'autre bout de la galaxie.

Elle secoue la tête. « Ce n'est pas ce que tu crois. Mais je ne suis pas vierge. J'ai essayé—coucher pour coucher ne m'intéresse pas, mais les hommes avec lesquels je suis sortie ne voyaient pas la chose sous cet angle. Je n'étais jamais assez bien pour eux. » Elle me regarde de ses grands yeux verts, j'y lis la hantise d'être rejetée. Espèces d'idiots.

Ma bête gronde en songeant qu'on ait pu se servir d'elle. Je prends son bracelet, porte sa main à ma bouche et embrasse sa paume. « Plus jamais. J'ai envie de toi, Tiffani. Tu m'appartiens. Ne doute jamais de mon désir. »

Elle secoue la tête devant mon air véhément. « C'est pour ça que je me suis rendue au Centre de recrutement des épouses. Je voulais trouver le *bon*. Savoir que ce serait l'union... parfaite. Elle m'a promis que je te plairais, que tu te ficherais complètement de—

– De quoi ? Termine ta phrase. » La bête gronde.

« De ma taille. »

Je prends son verre des mains et le pose sur la table. Je l'attire contre moi, me love dans sa douceur et colle mon front contre le sien. « Tu es parfaite. Peu importe que tu sois plus petite qu'une femme Atlan. J'aime ton corps.

– Je suis loin d'être petite. » Ses joues se parent d'un joli rose mais elle soutient mon regard. « T'es bien le premier qui me dit ça. »

J'effleure son cou, son menton du bout des lèvres, je savoure cette délicate exploration, le goût, l'odeur de sa peau. « Tu es douce... partout. » J'embrasse ses seins à travers sa robe et pose mes mains sur ses fesses rebondies. « J'aime la façon dont ton corps s'emboîte avec le mien, on est complémentaires. » J'embrasse sa joue, son front, ses yeux fermés. « J'aime ton corps. Tu es belle, Tiffani. Belle et courageuse. Tu incarnes tout ce dont j'ai toujours rêvé chez une femme, je veux passer le restant de mes jours à tes côtés, apprendre à te découvrir. »

Elle pousse un soupir et se détend entre mes bras. Son abandon total a le pouvoir de calmer ma bête et ce, depuis qu'on a quitté ma cellule. Mais quelque chose me tracasse, quelque chose de profondément inacceptable chez cette femme forte et belle à la fois.

Un grognement s'élève, comme s'il devenait tangible. « Tu pardonneras la bête, elle est très protectrice et possessive. Et je partage ses sentiments.

– C'est ... ravie de l'entendre. »

Je l'embrasse doucement. « Mais ne te dénigre plus jamais. Tu n'as pas à douter de mon désir, ou de ta beauté. Si tu redis une chose pareille, je te donnerais la fessée, partenaire. »

Elle frémit et je l'embrasse, je la goûte en prenant mon temps cette fois-ci. Je prends mon temps, non pas pour coucher avec elle mais pour la sentir dans mes bras. « Et maintenant, parle-moi de ces hommes qui t'ont fait souffrir.

– Oh non. Je n'en veux pas vraiment à mes ex. C'est la vie, Deek. Je voulais parler de patrons irascibles, de boulots merdiques, de proprios pas sympas ... des trucs négatifs. J'ai dû faire un choix. Continuer à travailler en faisant un job merdique ou y mettre un terme. Me voici.

– Les neuro-processeurs ne rendent pas toutes les subtilités du langage terrien. J'ignore ce que signifie un boulot merdique ou un proprio. Dax est un seigneur de guerre mais je doute qu'il leur ressemble. Quoiqu'il en soit, je comprends où tu veux en venir et je te trouve toujours incroyablement courageuse. » J'embrasse le bout de son nez. « Et incroyablement belle. »

Elle me décoche un merveilleux sourire radieux, ma bête se calme illico. « De quoi as-tu besoin, partenaire ? Tu m'as sauvé la vie. Que puis-je pour toi ? »

Elle fait la moue. « Je ne suis pas entrée dans ta cellule et je ne t'ai pas épousé pour te demander quoi que ce soit en échange. »

Je l'ai vexée, ma bête est irascible. J'ai encore merdé, je baisse la tête. J'ai tenu tête aux pires combattants de la Ruche et je ne suis pas fichu de m'exprimer correctement devant cette terrienne. « Je te présente mes excuses, Tiffani. Je ne voulais pas t'offenser. J'ignore ce qui pourrait te plaire. J'essaie d'apprendre.

– J'aimerais bien prendre un bain. Vous avez des salles de bain sur Atlan ? »

Je bande instantanément en songeant à son corps rond et accueillant plongé dans l'eau chaude, lécher ses seins mouillés, savonner ses courbes voluptueuses.

Le désir doit se lire dans mes yeux, sa respiration s'altère, son regard devient torride, elle doute.

« Un bain. Oui. On a des salles de bain. »

On dirait que la bête sait exactement quoi faire pour exaucer son vœu, je n'en ai personnellement pas la moindre idée, je bégaie comme un jeune idiot. Je n'ai aucune finesse, aucun talent pour la conversation.

Je prends le verre de vin posé sur la table, le descends cul sec, foule l'épais tapis et me rends dans la salle de bain. J'ouvre la porte et me tourne vers elle. « Voilà. Tu peux prendre... un bain... » Je ne sais pas quoi dire d'autre, elle me passe à côté et me gratifie d'un doux regard.

« Super. Merci. Elle cligne de l'œil. « Je suis un peu... collante. »

Je me contente de hocher la tête, ne sachant que répondre. Je bande comme un taureau, je sais pertinemment que le truc collant auquel elle fait allusion est mon sperme. J'ai éjaculé en elle, je l'ai marquée. Je me sens viril et tout puissant, totalement bouleversé par son doux sourire.

La peur. J'ai peur, je suis terrifié à l'idée que cette femme se réveille enfin, reprenne ses esprits et tourne les talons. Je suis pas un tendre, ni un jeune soldat innocent. Mon corps et mon âme portent les stigmates des batailles. Tiffani ? Elle incarne la douceur, la lumière, le rire et espoir qui me font cruellement défaut.

Je doute qu'elle ait besoin de moi.

Je vais bien m'occuper d'elle, savourer le prix de la victoire. La bête a fait montre d'une colère incroyablement intense, la fièvre de l'accouplement a provoqué ma relève immédiate et permanente concernant toute activité au sein de la Flotte. Je suis officiellement relevé de mon commandement.

Ils s'attendaient à me voir exécuté mais heureusement, je suis désormais un guerrier marié jouissant des honneurs dus à mon rang et mes années de service. La cinquième aile de la forteresse familiale m'appartient désormais, ainsi que deux maisons dans les territoires du sud. Il y a de nombreuses années, une fois en âge de les recevoir, le conseil Atlan m'a offert des terres, des titres, des châteaux et des richesses, espérant me faire miroiter une vie de famille, avant que je succombe à la fièvre. La tactique s'est avérée efficace sur certains de mes camarades seigneurs de guerre, ceux qui en avaient assez de la guerre et ont préféré se caser avant que la fièvre ne reprenne.

Mais la majeure partie, comme moi, n'a pas souhaité laisser leurs frères d'armes sur le champ de bataille. Ce n'est que maintenant et parce que j'y suis contraint, que je renonce à mon poste de commandant pour m'établir dans mon nouveau rôle sur Atlan. A l'écart du front, on va m'accorder le statut de consultant de haut rang pour nos seigneurs de guerre, afin de mieux préparer et entraîner nos nouveaux guerriers avant leur départ au fin fond de l'espace pour combattre au sein de la Flotte de la Coalition. Les futures recrues vont défendre notre planète, notre galaxie, de la menace mortelle de la Ruche.

J'ai assez donné. Dix ans c'est bien assez. Je suis l'un des rares guerriers pouvant s'estimer heureux d'être encore en vie, de pouvoir rentrer chez lui retrouver sa femme, qui, à cet instant précis, retire la cape bordeaux qui recouvre son corps plantureux pour pénétrer dans la salle de bain.

Je la suis—comme si elle me traînait avec une laisse—je lui montre comment ça marche, comment faire couler l'eau chaude et les huiles parfumées sur sa peau soyeuse. Toute une gamme de godes de diverses tailles sont disposés le long du mur, formant un arbre et ses branches. Il s'agit certainement d'un cadeau de mon escouade à l'annonce de mon mariage.

Elle les regarde à peine, je me force à observer le sol inintéressant, la baignoire en marbre, les appliques couleur ivoire au mur, tout sauf elle, ou les godes que je vais utiliser pour lui procurer du plaisir.

Je me tourne brusquement avant de perdre mon sang-froid, je la laisse, je referme la porte aussi doucement que possible, la bête grogne, exige que je me mette à poil et la rejoigne dans l'immense baignoire, que je la possède à nouveau.

Je lutte pour faire entendre raison au monstre, je ne peux résister à l'envie de l'écouter prendre son bain. J'entends le bruissement des vêtements. Son léger soupir me fait bander, je l'imagine allongée dans l'eau chaude.

J'entends des éclaboussures et sa voix douce et tranquille fredonner une mélodie terrienne envoûtante dont je ne reconnais pas les notes.

Mes jointures blanchissent en agrippant les accoudoirs du fauteuil placé près de la porte. Je suis prisonnier, je refuse de la pousser dans ses retranchements. Elle m'a déjà sauvé la vie, a prouvé son courage. Elle a risqué sa vie en traversant la galaxie pour sauver un inconnu attendant son exécution en prison. Je lui dois la vie et la raison, je ne pourrais jamais lui rendre la pareille.

Fier de parvenir à garder mon sang-froid, je m'assoie et fixe la porte qui me sépare de l'être que je désire plus que tout au monde. Jusqu'à ce qu'elle m'appelle.

« Deek ? T'es là ? »

Je bondis et pose la main sur la porte. La bête fait les cent pas et ma voix devient rauque et grave. « Oui. Je ne te laisserai jamais sans protection. » Ce serment est plus bestial qu'humain, nous sommes totalement d'accord sur ce point. Mes bracelets prouvent à quiconque sur Atlan, sur les cuirassés de la Flotte de la Coalition, qu'elle m'appartient. Personne n'ose toucher la femme d'un Atlan. Elle est mon bien le plus précieux, il est de mon devoir de la protéger farouchement.

Avant son arrivée, les maisons et autres propriétés somptueuses ne revêtaient pas de grande importance à mes yeux. Maintenant encore, ce ne sont que de simples biens matériels. Seule Tiffani compte.

J'écoute le clapotis de l'eau, les légères éclaboussures. « Je t'entends quasiment rôder derrière la porte. Pourquoi tu n'entres pas ? Je sais que tu en as envie. Tu as peur ? »

Je sens bien au son de sa voix qu'elle me taquine mais je prends ça au sérieux. Si j'ai peur ? Oui. Non. Merde.

Ma partenaire m'appelle, elle m'invite à la posséder, à enfoncer mon membre raidi dans son corps doux, à lécher l'eau sur sa peau.

La porte n'est pas fermée, je l'entrebâille doucement afin de ne pas la surprendre. Sa superbe chevelure mouillée - presque noire - est lissée en arrière, son magnifique visage rond ressort. Ses lèvres semblent plus charnues, ses yeux plus grands tandis qu'elle me regarde entrer dans la petite pièce. Je me sens maladroit, elle est totalement à l'aise.

Il y a du marbre blanc partout, le sol et la baignoire sont d'un blanc crème relevé de volutes grises et argentés. Le marbre provient des plus belles carrières d'Atlan. La baignoire est assez grande pour deux, elle nage à l'autre bout, à l'opposé de là où je me trouve, ses bras flottent à la surface, le long de son corps. Ces bracelets mouillés attirent mon regard, je ne peux réprimer une certaine satisfaction en voyant la marque de ma propriété sur son corps. Ses seins rebondis surnagent, l'invitation est prometteuse, l'eau chaude accentue le rose de ses tétons.

Je retire l'armure que Dax m'a remise en prison, j'ai envie d'ôter l'odeur tenace de la cellule. Je l'ai supportée jusqu'à maintenant parce qu'elle sentait son odeur.

Celle de ma partenaire.

Elle épie le moindre de mes mouvements tandis que je retire mon pantalon et mes bottes. Je me tiens devant elle complètement nu, rien qu'avec les bracelets, symboles de notre union, me conférant le droit de la pénétrer. Elle remarque mon sexe en érection pointé vers mon ventre.

Elle garde longuement le silence, je ne suis pas très sûr d'être le bienvenu, elle a le souffle court. « Bon sang, t'es chaud toi.

– Je n'ai pas chaud, partenaire. La température est idéale. »

Elle glousse. « Chaud, sexy quoi. C'est de l'argot terrien pour dire que t'es baisable. »

Ainsi donc, ma partenaire me trouve désirable. « C'est

toi qui es baisable, partenaire. Je trique à mort quand je te vois. » Je prends mon membre en main et l'enserre pour réprimer mon désir, j'ai envie de la sortir de l'eau et de la baiser à même le sol en marbre.

« Que d'la gueule. » Elle lève les yeux au ciel et me fait signe de la rejoindre en agitant son doigt. « Si tu veux me sauter, viens ici et bouge-toi. »

Ma bête grogne. Notre mode de pensée n'est pas si éloigné en fin de compte.

« T'as aimé la fessée n'est-ce pas ? »

Je repense à la scène, lorsque la bête a surgi et qu'elle a reçu la fessée pour avoir agi aussi effrontément, en prenant le risque de me sauver. J'aurais peut-être dû l'embrasser au lieu de lui donner la fessée mais je suis instantanément devenu possessif et très protecteur envers elle. La bête voulait prendre le dessus. Ce n'est plus le cas depuis ma première poussée de fièvre. Elle ne s'est pas montrée gentille. Elle a été exigeante, réclamant une preuve de soumission. Maintenant que j'ai les idées claires et que la bête est calmée, je dois m'assurer de ne pas l'avoir effrayée, qu'elle apprécie notre rencontre, qu'elle me désire tel que je suis.

Ses pupilles sont dilatées, elle lèche ses lèvres. « Oui, murmure-t-elle.

– Et quand je t'ai attachée ? je m'immerge dans l'eau chaude. Tu mouilles quand c'est moi qui commande ? »

Son corps est parcouru d'un frémissement. « Oui.

– Je le sais déjà, mais je voulais te l'entendre dire. Nous sommes des étrangers mais nous sommes mariés. Il faut qu'on apprenne à se connaître. Tu sauras ce que j'aime et moi ce dont tu as besoin. » Je relève son menton afin qu'elle me regarde, je lis du désir, de l'acceptation. De l'abandon.

« Tu veux que je te baise, partenaire ?

– Oui, » répète-t-elle, comme si elle ne connaissait pas d'autre mot.

Je perds mon sang-froid, je rentre dans le bain, presse mon membre dressé contre son ventre, je dévore sa bouche. Je l'enlace, passe un bras derrière son dos pour éviter qu'elle heurte le rebord de la baignoire, l'autre plonge vers sa chatte humide.

J'enfonce deux doigts. Profondément. Sauvagement. Rapidement.

Elle pousse un gémissement, j'en ai mal à la bite. Elle est toute mouillée, si trempée que j'ai une envie folle de la lécher.

Je la prends dans mes bras et l'installe de façon à ce qu'elle s'asseye au bord de la baignoire, son dos appuyé contre le mur derrière elle. Sans la quitter des yeux, je soulève doucement son pied et le place sur le rebord de la baignoire, je fais de même avec l'autre, sa chatte rose est bien visible, luisante d'excitation, un pur régal.

L'eau du bain a lavé mon odeur, mon sperme, la bête se pointe en grognant, elle a de nouveau envie de marquer son territoire. Elle n'aime pas que notre odeur soit partie, elle ne sent plus rien et n'est donc pas protégée des avances des guerriers qui aimeraient bien vouloir tâter ses gros seins ronds, son corps doux, ses hanches larges—la baiser, la prendre, la posséder. Sans relâche.

« Pourquoi tu me regardes comme ça ? T'aimes pas —» Tiffani a la voix qui tremble, elle serre les jambes pour essayer de les fermer, de se cacher. « Excuse-moi. Je croyais—je peux pas—peu importe.

– Non ! » J'écarte ses genoux des deux mains en grognant pour la contraindre à garder ses jambes grandes ouvertes. « Non. Ne te cache pas.

– Mais— »

Je m'installe entre ses jambes, mon torse s'appuie contre son ventre doux et chaud, ses cuisses forment un agréable coussin pour mes épaules.

« Quoi, Tiffani ?

– Mais je ne suis pas... je veux dire, excuse-moi. Peu importe. Rien. » Elle se détourne, son regard exprime ... de la honte. Ça me met hors de moi.

« Je t'avais pourtant avertie, partenaire.

– De quoi ? »

Je la soulève, la plonge dans l'eau et l'allonge à plat ventre. Accrochée au rebord de la baignoire, ses fesses flottent à la surface. « Je t'ai dit qu'il se passerait quoi si tu doutais de mon désir, de ta beauté ?

– Je sais pas. »

Pan !

Je frappe ses fesses rebondies, elle pousse un cri de surprise.

« Ça t'apprendra à mentir, partenaire. Et maintenant, dis-moi ce que j'ai dit qu'il t'arriverait si tu te dénigrais.

– Que tu me donnerais la fessée. J'ai cru que tu plaisantais. »

Je caresse ses fesses, son dos, lui prouvant que son corps est magnifique, parfait. « Je ne prends pas la perfection à la légère. Je ne permettrai à quiconque de dire du mal de toi. » Je tire ses cheveux pour la forcer à me regarder. Nos regards se croisent, je poursuis, « Et je ne te permets pas de dire du mal de toi. »

Les larmes lui montent aux yeux et je la lâche, elle se retourne, je la baiserai, la rassurerai, la câlinerai, je gèrerai la situation, je l'honorerai, je la défendrai, je la protègerai, d'elle-même si besoin est.

Pan !

Pan !

Pan !

Ma main s'abat sur sa peau nue, elle se contorsionne, ses fesses sont toutes roses. Je l'ai pourtant pas tapée fort, ça résonne dans la pièce.

Elle incline la tête, ses petites dents blanches mordent légèrement la chair tendre de son bras.

Je teste son état d'esprit, ses réactions corporelles, j'explore les replis humides de sa vulve douce et glissante, pas à cause de l'eau. Ma bête ne se satisfait pas de simples caresses. Elle exige une domination totale, que son corps lui appartienne totalement. Une soumission totale. Tiffani doit apprendre qui est le maître. Son corps m'appartient. Son plaisir m'appartient. Sa chatte, ses seins, ses fesses rondes, sa peau douce, son cul, m'appartiennent. La bête se réveille, je sais que mes yeux changent de couleur, deviennent sombres comme la nuit tandis que je contemple ses fesses roses et ses courbes voluptueuses.

Mienne. Sans nul doute.

Je fais en sorte de nous rapprocher du mur et m'empare du plus petit gode recourbé. J'enduis son anus étroit et l'extrémité du gode d'huile parfumée, j'écarte grand sa chatte et insère doucement son large embout recourbé. « Deek ! » Elle écarquille les yeux et les referme en signe d'abandon total. « Mon dieu, tu fais quoi là ?

– Je fais en sorte que tu saches qui est le maître.

– Je croyais que tu voulais me donner la fessée.

– Effectivement, partenaire. Je n'ai pas encore terminé. »

J'enfonce doucement un doigt en elle, j'enduis son anus, elle gémit en guise de réponse. J'imprime des mouvements de va-et-vient au gode dont le bout le plus large s'enfonce dans sa vulve chaude et humide, je fais tourner l'extrémité arrondie encore et encore jusqu'à ne plus trouver aucune résistance, les contractions de son vagin vont lui procurer une vive jouissance.

Après m'être assuré qu'elle soit prête, je retire mon doigt et glisse l'autre extrémité du gode dans son anus.

« Oh, mon dieu.

– J'arrête ?

– Non. »

Ma bête grogne, mon ordre tient plus du grognement que de la parole. « Dis-moi si t'as mal. »

Elle crie tandis que j'effectue des allers-retours avec le gode, je la baise par tous les orifices.

Je poursuis jusqu'à ce qu'elle se contorsionne, qu'elle me supplie de la laisser jouir. Je m'arrête, le gode reste profondément enfoncé.

Pan !

Pan !

Pan !

« A qui tu appartiens ?

– A toi. »

Pan !

Pan !

Pan !

« Dis mon prénom, Tiffani. Je veux t'entendre le dire. Je veux que tu saches qui te baise, qui te sodomise avec ce gros gode, qui te frappe, qui t'adore.

– Deek. Deek. Deek. »

Mon prénom résonne tel un mantra et je continue, je la baise et la frappe jusqu'à ce qu'elle soit toute tremblante, au désespoir. Complètement à ma merci. Elle m'appartient et j'en fais ce que je veux. Elle est totalement soumise.

La voir ainsi apaise l'homme et la bête, soudain, un besoin impérieux de la satisfaire monte, pour la récompenser, prendre soin d'elle, lui procurer ce dont elle a besoin.

« Tu veux jouir ?

– Oui s'il te plaît. »

Je retire le gode, elle est toute à moi. Ma bouche. Mes doigts. Mon sexe raidi.

Je l'installe sur le dos et la soulève, elle retrouve sa position initiale au bord de la baignoire. Je pose ses pieds sur le rebord, les jambes grandes ouvertes. Je contemple le moindre centimètre carré de peau, ses tâches de rousseur et ses courbes, les adorables petits plis qui ourlent sa vulve, cette fente sombre et profonde, avide et vide, qui se languit de ma langue ou de ma bite. A cet instant précis, j'ai vraiment du mal à me décider par quoi commencer.

Elle reste sans bouger, se contente de me regarder et d'attendre, soumise, sans défense, confiante.

Ma bite s'agite sous l'eau et mon cœur tambourine

dans ma poitrine. Je n'ai jamais rêvé contempler pareille expression, un abandon aussi total, sur le visage d'une femme.

Ma partenaire. Mon dieu elle est vraiment parfaite.

« Où en étions-nous ? »

Les yeux fermés, elle appuie sa tête contre le mur, acceptant tout ce que je voudrais bien lui faire. Elle humecte ses lèvres. « Tu voulais me sauter dessus et me faire tout oublier, toi excepté. »

Je ne peux réprimer un sourire très possessif. « Exactement. » Ma bouche se baisse au niveau de sa chatte et j'enfonce profondément ma langue, je la branle de la façon la plus élémentaire. Ses halètements de plaisir, sa moiteur sur ma langue sont des signes d'encouragement que j'attendais tandis que je me délecte de son vagin. Je me serre de mes doigts, de ma langue, de mes lèvres, de mes dents, je suçote, je titille jusqu'à ce que je sache ce qui la fait hurler de plaisir, retenir son souffle, frémir.

J'enfonce deux doigts dans sa chatte, je baise et suce son clitoris, j'ai envie qu'elle ait un orgasme, qu'elle s'abandonne. Son anus m'attire, j'introduis délicatement un troisième doigt en elle, bien déterminé à la posséder par tous les orifices.

« Mienne, » murmurais-je tandis qu'elle se contorsionne pour se soustraire à cette sensation nouvelle.

« Deek !
– Mienne. »

Elle se calme et je poursuis mon assaut sur son clitoris, je la branle de plus en plus rapidement avec mes doigts tandis que la pression et le rythme que j'imprime avec ma langue va crescendo. Je la branle jusqu'à ce qu'elle pousse un hurlement, les parois de son vagin se contractent en spasmes incontrôlés sur mes doigts.

La fin approche, je me place devant son sexe et la pénètre profondément, je m'enfonce en elle, je ressens sa chaleur.

La bête prend le relais puisqu'elle a pris son plaisir, elle la pilonne ardemment et profondément, elle la baise contre le mur comme un sauvage tandis qu'elle m'attire contre elle et me tire les cheveux pour que je la baise encore plus intensément.

Plus vite.

Plus à fond.

J'adore quand elle me parle crûment, j'aime son fluide qui enduit ma bite, son corps qui réagit à mes coups de boutoir.

Elle jouit à nouveau, son vagin se contracte sur mon sexe tel un poing, je m'accorde enfin le droit de jouir, je l'enduis de mon odeur, de mon sperme.

L'homme en moi insiste pour que je prenne un bain mais c'est la bête qui commande.

Lorsqu'elle a terminé, elle l'amène sur le lit et la tient bien serrée contre elle, savoure l'idée de notre enfant qui grandit déjà dans son ventre, notre sperme prend racine, notre odeur qui perdure sur ses lèvres, sa chatte, ses cuisses.

Tiffani, une semaine plus tard

. . .

« Les Atlans organisent des fêtes ? » demandais-je à Sarah.

Deek est guéri de sa fièvre d'accouplement depuis une semaine. On a passé des jours à baiser. J'ai mal partout mais c'est pour la bonne cause, la faute à ses ardentes attentions. Il est aussi insatiable que moi.

Il a fini par céder et me laisser m'habiller pour la seule et bonne raison que Sarah a tambouriné à la porte, impatiente d'organiser la fête.

« C'est pas une fête de fiançailles puisque vous êtes déjà fiancés. Ni une fête de mariage puisque le mariage n'existe pas ici. Mais ils organisent des fêtes d'accouplement. »

Nous sommes dans la cuisine chez Deek— ma cuisine, je ne me suis pas encore faite à l'idée—Sarah me montre comment cuisiner avec ces étranges machines. Il n'y a pas de frigo, de mixeur ou de grille-pain. Tout est complètement différent et je lui suis reconnaissante de comprendre l'état de perplexité dans lequel je me trouve. Elle a fait le voyage Terre-Atlan il n'y a pas si longtemps que ça.

Des domestiques sont à notre service vingt-quatre heures sur vingt-quatre. Ça me gênerait vraiment de devoir réveiller quelqu'un en pleine nuit pour me préparer quelque chose à grignoter parce que j'ai les crocs. Je n'ai pas l'habitude de rester toute la journée assise sans rien faire. Je bosse quinze heures par jour depuis des années et bien que j'adore traîner au lit avec Deek, il va falloir que je me trouve une occupation. Organiser une fête ? C'est pas trop mon truc.

« Une réception d'accouplement ? Les gens vont faire

la fête parce qu'on a ... couché ensemble. Ben voyons. C'est bizarre. Vachement bizarre. » Je bois mon café afin de cacher mon embarras. Enfin, c'est ce qui s'apparente le plus à du café sur Atlan, ils font ça avec les graines foncées d'une plante dont j'ai oublié le nom. Sarah m'a montré comment faire, il suffit d'ajouter de l'édulcorant pour que ce soit moins amer. « Je connais personne ici.

– Vous *êtes* en couple, Tiff, tout le monde sait comment ça se passe. » Sarah fait les gros yeux et se moque de moi. « Franchement, ça fait pas une grande différence par rapport à une fête de mariage sur Terre. Combien de mariées sont encore vierges de nos jours ? Tout ce truc de robe blanche n'est qu'une grosse mascarade. Avec un Atlan, baiser *équivaut* à se marier. Et maintenant, fiesta !

– Oui mais on n'est pas mariés. On a juste couché ensemble. C'est bizarre d'organiser une fête pour ça.

– Un accouplement est plus important qu'un mariage, Tiffani. Le divorce, changer d'avis, n'existe pas ici. Quand ces mecs s'accouplent, c'est pour la vie. »

L'idée me met mal à l'aise, comme lorsque Deek m'en a parlé la première fois. Il n'avait pas l'air préoccupé mais heureux de m'exhiber, de rendre les autres seigneurs de guerre jaloux. Il n'est pas jaloux pour deux sous. Il est très fier de mon irruption dans sa cellule pour le baiser comme une malade.

Je suis fière moi aussi de ce que j'ai accompli, un peu moins de ce que j'ai dû faire par contre. Je suis entrée dans la cellule d'un parfait inconnu pour coucher avec lui.

Pour Deek, c'est un grand honneur. Je l'ai possédé,

puis, il m'a attachée pour me prendre à son tour. Oh, et il n'a eu de cesse de me sauter depuis ! Sachant que j'aime bien être attachée, il a utilisé la ceinture de ma robe à plusieurs reprises pour lier mes mains dans mon dos et me posséder, ou m'attacher à la tête de lit.

Il est inventif et très appliqué. Mes tétons durcissent à cette évocation.

« Je connais bien ce regard, » dit Sarah en souriant. Elle prend une assiette garnie fumante. Ça sent bon, ça ne ressemble à rien de connu, je contemple la mixture qu'elle pose devant moi. Deek m'a servi à manger mais j'y ai pas vraiment prêté attention, il passe son temps à se balader à poil. Mais lorsque Sarah me sert—

« Racine de goju. Tu vas adorer, » dit-elle, elle s'empare du plat dans la machine.

Je pince les lèvres et examine le légume violet. J'attends qu'elle s'asseye avant d'en goûter une bouchée.

J'écarquille les yeux, ça a bon goût. « On dirait ... des pommes de terre ... avec du beurre ! »

Sarah pointe sa fourchette dans ma direction. « Exact ! » Elle mâche et avale. « La fête aura lieu demain soir. Dax n'est pas très chaud pour qu'on fasse ça chez nous, il n'a pas l'habitude. Je lui ai juré que tout se passerait bien. » Elle se penche et murmure, comme si son partenaire l'écoutait. « Les fêtes des seigneurs de guerre Atlan sont plutôt nazes.

– Je peux savoir ce que tu lui as dit pour le rassurer ? » dis-je en haussant les sourcils.

Au tour de Sarah de rougir.

« Que tu pourras rencontrer d'autres Atlans et te faire des amis. Les épouses des autres guerriers seront là et Tia bien sûr. Je crois que Deek et elle sont cousins au second degré. »

Je mange une autre bouchée de goju. « Deek m'a parlé d'elle. De son père aussi. Angle machin chose.

– Engel Steen. Dax m'a dit que c'était un gros bonnet, chargé des approvisionnements intergalactiques. Il est riche. Il a longtemps combattu la Ruche avant de prendre sa retraite. Tia est sa fille. Apparemment, Tia et Deek étaient promis l'un à l'autre lorsqu'ils étaient enfants mais Deek n'est pas rentré pendant de nombreuses années à cause de la guerre, il est monté en grade. Lorsqu'il est enfin rentré sur Atlan, la fièvre de l'accouplement s'est emparée de lui. Engel aurait vivement souhaité que Tia épouse Deek, mais Deek a refusé et Tia sait probablement qu'elle n'est pas sa partenaire—si tant est qu'elle ne l'ait découvert avant. Et puis t'es arrivée.

– Et j'ai fait capoter son plan ? » Je repose ma fourchette et bois du vin. Les Atlan ne sont pas en reste avec leur vin, il est super bon. Il faut que je me calme, j'ai une furieuse envie de planter la fourchette dans l'œil de Tia. Je ne l'ai pas encore rencontrée mais je suis jalouse comme pas deux à l'idée qu'elle puisse éprouver un quelconque intérêt pour Deek. Une bête est peut-être tapie en moi.

Sarah grommelle. « Dicter sa conduite à un seigneur de guerre Atlan, un Commandant élu, qui plus est, c'est pas génial génial

– Comment ça, élu ? Ils sont pas promus comme des soldats ordinaires ?

– Pas du tout, répond Sarah. Les Atlans sont des

bagarreurs acharnés. Si le moindre humain ou un commandant Trion se risquent à leur donner des ordres sur le front, nul doute qu'ils leur arracheraient la tête. J'ai vu Dax en pleine action contre la Ruche. Ils sont vraiment effrayants au combat.

— Leurs commandants sont élus ?

— Ouais. Deek est un commandant ayant des milliers de guerriers sous ses ordres. Ça explique sa notoriété et son immense richesse. »

On dirait pas vu sa maison, mais Deek n'est pas du genre à étaler ses richesses. Je ne suis pas encore sortie en sa compagnie. A la mort de mes parents j'ai mené la vie dure pour essayer de boucler mes fins de mois. Il est rassurant de savoir que je ne dois plus me tuer au travail pour un connard de patron.

« Toutes les femmes de la planète Atlan vont me vouer une haine viscérale, marmonnais-je en piquant dans mon succédané de pomme de terre Atlan.

— Et alors ? Il te désire. Elle prend une autre bouchée, observe mon air maussade, mâche et avale. « Tiffani, y'a eu un défilé interminable de femmes dans cette prison. Il les a toutes refusées. Dax m'a dit que Tia est venue à plusieurs reprises. Il ne veut pas d'elle. C'est toi qu'il veut.

— Je l'aime pas celle-là, » répondis-je.

Sarah se met à rire. « C'est bête pour elle. Elle est plutôt mignonne… et inoffensive. » Le sourire de Sarah s'efface, j'écoute attentivement la suite. « Je crois pas qu'elle l'aime vraiment, tu sais. Elle voulait pas qu'il meurt, c'est tout.

— C'est … sympa. » Une crainte sourde s'empare de

moi en songeant que Deek a failli être exécuté, je l'apprécie et la déteste en même temps. « Ouais, et ben je l'ai sauvé et il ne mourra pas.

– C'était moins une. » Sarah lève son verre et trinque avec moi.

« On va voir ce que tu vas mettre demain soir et après je file. Je suis sûre que Deek ne tient plus en place.

– Et Dax ? » demandais-je, en riant en pensant à nos deux grands gaillards intimidants recroquevillés dans le petit bureau, à attendre qu'on papote entre filles, mais incapables de s'éloigner de nous. Ils mettent ça sur le compte des bracelets et de la douleur que ça leur infligerait si on s'éloigne trop l'un de l'autre mais je pense qu'ils veulent tout simplement nous garder le plus près possible à leurs côtés.

« Tu connais leurs bêtes.

– Ah ouais !

– Oh que ouais. Elles sont insatiables. Dax était d'accord pour que je passe du temps avec toi mais il ne va pas tarder à rappliquer. »

Je souris. « Et ensuite ? »

Elle porte un autre toast. « Et ensuite, ils vont nous faire jouir histoire qu'on se rappelle qu'on ne les quittera jamais. »

On trinque et on boit. Effectivement, mon partenaire est plutôt possessif, de moi, de mon temps. Je lui suis reconnaissante de prendre en compte le besoin que j'éprouve de me lier à Sarah, mon seul lien avec la Terre. Mais elle a raison ; Deek, tout comme Dax, fait preuve d'une grande patience à mon égard, je suis sûre qu'il va me déshabiller et me sauter dessus dès qu'on se retrouvera seuls.

Ma chatte se contracte à l'idée. Oh oui mon dieu, j'adore être la femme d'un Atlan.

7

eek

Le rêve est incroyable. Une femme est sur moi, elle me plaque sur le lit malgré son poids-plume. Sa peau douce est souple, son odeur me fait bander. Elle embrasse mon torse, suce mon téton, descend et lèche mon nombril. Ses doigts dégrafent prestement mon pantalon. Elle soulève mes hanches, je l'aide à baisser mon pantalon, j'ai hâte de sentir sa bouche sur ma bite. Mon sexe est en érection, c'est limite douloureux, du liquide séminal s'écoule.

Elle a réveillé la bête, qui, au lieu de faire les cent pas en grognant, se rengorge, on n'est pas des Atlans pour rien, on est tous les deux sur la même longueur d'ondes, c'est *ça* qu'on veut.

Une bonne fellation.

Elle lèche mon gland, les moindres gouttes. Mes doigts s'enfoncent dans ses cheveux soyeux, je tire dessus pour la guider vers mon membre raidi, je l'encourage à baisser la tête. A me faire une gorge profonde. A me prendre entièrement dans sa bouche chaude et humide.

La succion, bon dieu, la succion et la chaleur de sa langue qui m'astique est à la limite du supportable. J'ondule des hanches, m'enfonçant davantage. C'est trop bon, je sens mon orgasme monter crescendo dans le bas du dos. Le sperme bouillonne dans mes couilles, elles se contractent, je vais éjaculer. Mon sperme chaud et épais sur sa langue et dans sa gorge.

Oui. Mon dieu, *oui.*

Je me réveille en sentant cette union avec cette femme. Je relève la tête et regarde mon corps, ses lèvres charnues sucent mon sexe.

Tiffani. Ma partenaire, belle et parfaite. Mon sexe dans sa bouche.

Un 'pop' se fait entendre, elle me lâche. « Bonjour, partenaire. »

Sa voix rauque est apaisante, son sourire ne s'adresse qu'à moi. Je me suis endormi en l'attendant. Sarah a frappé à notre porte, elle nous a interrompu—en plein coït—mais j'ai compris que Tiffani avait hâte de rendre visite à un membre de sa planète. Je ne peux rien lui refuser et certainement pas l'empêcher de rendre visite à sa nouvelle amie. Je suis allé m'assoir dans mon bureau avec Dax, on entendait les deux Terriennes rigoler dans la cuisine. Je suis heureux de la savoir contente, mais je l'ai ramenée dans la chambre sitôt nos amis repartis.

Elle m'a littéralement épuisé, faire l'amour sans relâche est plus crevant que combattre la Ruche. Je me suis endormi le sourire aux lèvres après l'avoir possédée, mon sperme bien au chaud en elle, ma bête comblée, pour me réveiller avec ma bite dans sa bouche.

Je halète, mon désir me vrille les couilles. Je regarde les bracelets à mes poignets, ils me paraissent incongrus, avec mes doigts fourrés dans ses cheveux. Je regarde les bracelets à ses poignets tandis que ses mains reposent sur mes cuisses. Les bracelets sont le signe de mon appartenance. Elle est toute à moi. Ses longs cheveux bruns retombent sur mes cuisses tandis qu'elle me suce. Elle me branle vigoureusement, excite mon gland, je sens que je vais jouir. Le plaisir monte mais je me retiens. Je veux sentir ma bite dans son vagin, mon sperme dans son utérus. Je veux lui faire un enfant. J'ai besoin de savoir qu'elle m'appartient purement et simplement.

« Tiffani. Stop. »

Elle lève la tête et m'enlace à deux mains, s'agite comme une impitoyable petite coquine tandis que je donne des coups de hanche.

« Tu t'es endormi, murmure-t-elle. Et j'ai pas encore fini.

– Mmm. Ma partenaire me branle, se sert de mon corps et me supplie d'avoir des orgasmes, normal que je sois trop crevé pour rester réveillé. »

Elle me sourit, telle une femme connaissant pertinemment son pouvoir. Je suis peut-être dominateur, mais c'est elle qui commande. Son souffle est chaud sur ma bite dure comme de la trique, je ferai tout ce qu'elle désire.

Elle relâche son étreinte et s'assoie. Putain de Zeus, elle est nue et plantureuse, si douce, si parfaite. Je pousse un grognement, incapable de retenir mon orgasme, mon sperme chaud gicle sur mon ventre. Elle écarquille les yeux en me voyant jouir, en jets épais. Je n'arrive pas à me contrôler, je n'arrive pas à retenir mon plaisir, elle m'a poussé au paroxysme avec sa bouche chaude et ça a été l'apothéose quand je l'ai vue nue. Ses gros seins ronds et ses petits tétons. Sa peau blanche laiteuse, voluptueuse à souhait, parfaite pour mes mains. J'ai joui comme un ado excité.

Elle est absolument superbe. Un seul regard et c'en est fini de moi.

« T'étais supposé jouir en moi, » me réprimande-t-elle. Elle se mord la lèvre et m'observe tandis que je reprends mon souffle, le plaisir et l'apaisement provoqués par l'orgasme m'ont complètement embrumé l'esprit.

Elle continue de fixer ma bite, de jouer avec mon membre, de l'effleurer dans ses moindres détails de ses doigts délicats.

« T'es pas censé débander une fois que t'as joui ? » demande-t-elle en regardant ma queue toujours en érection. Je ne « débande » pas pour reprendre son expression, au contraire, je bande encore plus.

J'essuie mon sperme dans le drap. « T'inquiète pas, j'en ai encore. T'as vu l'effet que tu me fais, partenaire ?

– Ta bête ne s'apaise donc jamais ? »

Je prends le temps de penser à ma bête. Elle s'est un peu calmée, c'est toujours le cas après un orgasme. Ces jours passés, pendant que Tiffani et moi apprenions à nous connaître—en discutant et en baisant—la bête l'a constamment désirée. Je ne me suis jamais calmé après un seul orgasme, je n'ai jamais pu faire de pause, ce besoin torride est tapi juste sous la surface.

Je repense aux seigneurs de guerre avec lesquels j'ai discuté au cours des années, aux guerriers Prillon qui se sont mariés sur les cuirassés.

Ils revendiquent tous haut et fort que le désir qu'ils éprouvent pour leur partenaire n'est pas qu'un feu de paille, ça ne s'arrête jamais. Non, l'envie et le désir pourraient être comparés à une étoile filante. Elle brille, s'élance des profondeurs de nos âmes tel un ouragan, décline pour briller perpétuellement, dans l'attente d'une prochaine éruption.

Tiffani compte désormais plus que tout au monde, je veux qu'elle le comprenne. Je veux qu'elle comprenne la profondeur de mon dévouement. Je tourne doucement la tête et caresse sa joue.

Elle appuie son visage dans ma main, j'éprouve un sentiment de satisfaction égal à celui que je ressens lorsqu'elle hurle, lorsque sa chatte se contracte de plaisir sur ma bite. « Jamais, Tiffani. Ni l'homme ni la bête. Nous ne nous lasserons jamais de toi. »

Elle rougit et ses joues se teintent d'un joli rose. Je m'y attendais. Je m'attendais également à ce qu'elle détourne le regard, qu'elle fuit l'intensité de mon regard tandis que j'essaie d'absorber l'essence qui s'en dégage.

Elle n'en fait rien. Ses yeux vert foncé soutiennent mon regard et l'émotion que j'y lis me coupe le souffle, s'infiltre dans ma bite tel un éclair, mon membre devient dur comme du bois dans ses mains.

« Il est de mon devoir de t'apaiser. » Sa main enserre

la base de mon sexe, elle me branle de façon experte. « Laisse-moi faire mon travail. »

Je pousse un grognement devant pareille effronterie. Oui. Je vais rester allongé et la laisser faire à sa guise. Je n'ai pas l'habitude de me laisser aller mais pour Tiffani, je veux bien. Pour le moment du moins. Son agression sexuelle, son désir n'en est pas moins excitant. Oui, je suis prêt à lui confier mon corps si elle veut bien s'en occuper. Et ma bête par la même occasion.

Elle me besogne avec les mains et la bouche, elle me pousse au paroxysme d'un prochain orgasme et me lâche juste à temps, avant que j'éjacule dans sa gorge. Elle m'excite avec ses mains, ses lèvres charnues explorent mon corps en le mordillant et en le léchant, elle teste mes limites. Je me rends compte, tandis que la température monte et que je me retiens, qu'elle me teste, pour voir jusqu'où je peux aller.

Elle peut compter sur moi, je lâcherai rien.

Mais ce n'est pas le cas de la bête. Je ne peux pas me retenir, je ne peux pas lui résister. Ça fait un moment qu'elle m'astique, mes hanches sont agitées de violents soubresauts. Sans me lâcher, elle soulève un genou et se met à califourchon sur mes hanches, elle écarte ses jambes et ma bite se love contre son ventre.

« Ton travail ? » Je me mords la lèvre pour ne pas jouir. A nouveau. « Baiser ma partenaire, c'est pas un travail. » Je m'assoie et commence à embrasser son épaule. Elle pousse un gémissement.

« Embrasser ma partenaire, c'est pas un travail. » Nos bouches se mêlent en un baiser passionné. Par la force des choses. Elle m'a poussé à bout. C'est explosif, ma langue rencontre la sienne, fait des va-et-vient, ce sera bientôt au tour de ma bite de faire de même. Nous nous séparons, haletants. Je me baisse, prends un téton dans ma bouche, le suce et le lape, mordille doucement le bout. « Faire durcir tes tétons, c'est pas un travail. »

Je passe à l'autre téton et elle plante ses doigts dans mes cheveux. Je veux l'encourager dans sa passion, la pousser au paroxysme avant de la posséder. Je veux la rendre aussi folle que moi, aussi sauvage que ma bête.

Je glisse mes doigts entre ses cuisses ouvertes, tâte sa moiteur, les porte à ma bouche et les lèche.

« C'est pas un travail de lécher ta chatte, de te faire jouir. »

Ses yeux aux lourdes paupières brillent de désir et se ferment en entendant mes paroles sensuelles, je relève ses hanches et s'empale sur mon sexe, profondément, ma queue lui va comme un gant. Nous grognons de plaisir. Elle est si canon, si humide, si étroite. Je suis très bien monté mais elle m'a pris entièrement. On est faits l'un pour l'autre. *Elle* est parfaite.

Elle se met à me chevaucher, pose ses mains sur mes épaules pour rester en équilibre et force la bête à s'agripper à ses hanches larges et la regarder en face, sa peau moite, la façon dont sa bouche s'ouvre tandis qu'elle hurle pendant que j'ondule des hanches, m'enfonçant plus profondément que jamais. La tête en arrière, les yeux clos, la bouche ouverte, sa respiration est saccadée. Ses seins tressautent tandis qu'elle prend du plaisir et je ne peux foutre pas détourner le regard. Je n'ai pas envie qu'elle s'arrête.

On ne fait pas l'amour en douceur. C'est sauvage et

sensuel. Intense et puissant. Je l'aide à jouir et la pousse encore un peu loin en effleurant du doigt son clitoris tout glissant et son petit capuchon retroussé.

Elle hurle et enfonce ses ongles dans mes épaules. Son vagin se contracte sur ma verge, essayant de m'engloutir encore plus profondément. Ses fluides ruissellent en guise de bienvenue et je profite de sa moiteur pour effectuer des mouvements de va-et-vient plus rapides, déclenchant un orgasme, lui en procurant un autre. Son odeur attire la bête, je sais qu'elle exige de la goûter. Je ne me lasserai jamais du goût de son excitation sur ma langue, doux comme du miel, sauvage aussi, qui apaise bête.

Son côté sauvage reprend ses droits, la bête grogne, je l'immobilise et la baise.

« Baise-moi, » murmurais-je. Elle est étroite, tellement étroite qu'elle m'enserre comme dans un étau. J'ai une envie folle de la posséder. De la baiser. De la prendre comme un animal sauvage.

Elle pousse un gémissement et je me fige l'espace d'un instant, j'ai peur de lui avoir fait mal. Son corps doux me va comme un gant, je commence à perdre mon sang-froid, de la prendre comme j'en ai envie. Je la baise sauvagement, je force son corps à se dilater, à s'adapter à ma bite épaisse.

« Encore ! » Elle tire mes cheveux, ses hanches s'agitent en guise de protestation.

« J'ai pas l'intention de m'arrêter. » Elle ouvre les yeux tandis que je la pilonne inlassablement. « T'es à moi. Putain t'es trop belle. »

Ses yeux émeraude rencontrent les miens. J'y lis de la

passion, du désir, l'envie de jouir à nouveau monte tel un nuage d'orage avant l'éclair.

« Mienne. Mienne. Mienne, » je grommelle à chaque coup de boutoir. C'est ma partenaire. Je le sais. Ma bête le sait. Son odeur, sa peau, son goût. Même le bruit de sa jouissance. Tout contribue à ce que la bête soit apaisé », je hurle mon bonheur.

J'ai besoin de jouir en tant qu'homme. J'ai vidé mes couilles sur mon ventre il y a quelques instants à peine mais j'ai encore du sperme pour elle. Il en sera toujours ainsi. Je mords la jonction entre sa nuque et son épaule et pose mes mains sur son cul, afin d'écarter sa chatte en grand. Je lui donne des coups de boutoir, mes mains sur son cul la font s'empaler et se relever.

« Jouis encore, mon amour. Jouis sur ma verge, » murmurais-je d'une voix délibérément douce, contrairement à ma bite.

C'est peut-être dû à mon caractère impérieux. Au fait qu'elle m'accepte en tant qu'époux. Son cul dans mes mains, je la maintiens en place, je la force à m'obéir.

Quel qu'en soit la cause, son vagin se contracte et m'attire plus profondément en elle. L'orgasme déferle mais elle ne hurle pas. Elle ne profère aucun son tandis que je jouis en elle, que je l'inonde de sperme. Je la marque, je laisse mon fluide.

Nos orgasmes nous unissent, nous lient, comme les bracelets.

Elle m'appartient. Je lui appartiens. Et la bête est une nouvelle fois rassasiée.

8

eek

« On doit rester longtemps ? » murmurais-je à l'oreille de Tiffani. Évidemment, ma bête détecte son odeur féminine et je ne peux m'empêcher de l'embrasser dans le cou. « Je ne vais pas te résister bien longtemps avec une robe pareille.

– On est là depuis à peine trente minutes, » réplique-t-elle. Elle se tourne vers moi, heureuse. Mon compliment lui a fait plaisir.

Je devrais lui en faire plus souvent.

Ses yeux verts sont rehaussés par son maquillage. Sa robe est parfaitement assortie à la couleur de ses yeux. Quand je l'ai vue sortir de la chambre dans cette robe, j'ai failli éjaculer dans mon froc. Ma bête a failli lui sauter dessus et la baiser sur le pas de la porte.

En fait on était au lit depuis un bon moment, nus et

comblés, elle m'a menacé de la main de ne pas défaire son chignon. J'avais pas compris de quoi elle parlait jusqu'à ce qu'elle me montre sa coiffure élaborée. Sa chevelure est relevée sur sa tête, Sarah et elle ont mis plus d'une heure à la coiffer. Je n'ai rien à redire, ça va parfaitement bien à l'ovale sensuel de son visage et fait encore plus ressortir ses yeux.

On dirait une fée. Une femme aussi belle ne peut être réelle.

Mais pourtant elle l'est. Elle est à moi. Pour toujours. Je suis le mec le plus chanceux de tout l'univers.

Elle me sourit et prend ma main dans la sienne, bien plus petite. Ce petit geste anodin me touche infiniment. Dieu merci, nous n'avons rien à cacher eut égard à la nature de nos sentiments. Ce petit mouvement, ses doigts entrelacés aux miens, est une déclaration publique plus importante encore que les bracelets qu'elle porte aux poignets. *Elle m'*épouse. Elle me reconnaît en tant qu'époux devant une salle comble d'étrangers.

Je suis un Seigneur de guerre *et* un Commandant. Toutes ces batailles me restent à l'esprit, ne me quittent jamais, un déferlement de tortures, de rage, de terreur, de mort. Voilà à quoi se résumait ma vie. Jusqu'à elle.

Je cligne des yeux, je sors de ma rêverie et la regarde, un doux sourire aux lèvres. Je lis de la reconnaissance dans ses yeux. Du désir. Et peut-être... de l'espoir ? De l'amour ? Quoiqu'il en soit, ce regard est une invitation flagrante et je dois remettre mon sexe en place dans mon pantalon et compter les minutes qui nous restent avant qu'on puisse quitter la fête, la déshabiller et la pénétrer.

Un couple Atlan s'approche. Carvax, si mes souvenirs

sont bons. Je serre la main du guerrier et lui présente Tiffani, il nous présente sa femme à son tour. Tout ça n'a duré que deux minutes, ils se détournent et je laisse tomber mon sourire de pacotille.

« Je déteste ça. C'est une des raisons pour laquelle je suis parti faire la guerre, et non de la politique.

– Mais je croyais que tu voulais... me présenter. » Son sourire taquin me donne envie de lui donner une fessée. C »e sont tes propres paroles.

– J'ai changé d'avis. Je te veux rien que pour moi. »

J'adore son rire exquis, tout comme sa façon de presser ma main. « Un vrai homme des cavernes. »

J'ignore ce qu'est un homme des cavernes mais elle sourit, ce doit être un truc sympa. « Cette robe est trop voyante. »

Elle regarde son décolleté, cette robe est trop échancrée. « Je fais un bonnet F, la robe est étroite.

– Qu'est-ce que ça veut dire ? Je ne comprends pas. Je n'ai pas envie d'une femme maigrichonne. Je t'aime telle que tu es. » Incapable de résister, je me penche vers elle et murmure à son oreille afin que personne ne puisse entendre. « J'aime que tu sois douce et toute en courbes : j'aime m'agripper à ton corps quand je te pénètre avec ma bite. J'aime voir tes seins se balancer quand je te baise. J'aime voir tes fesses bouger quand je te tape d'une main et que je te baise de l'autre. »

Sa respiration s'altère et je sens la réponse de son corps, la chaleur humide qui inonde sa chatte.

« Un peu de tenue, Deek.

– Je te l'ai déjà dit, cette fête dure trop longtemps. J'ai envie de te voir nue. » Je pose mes mains sur ses hanches histoire qu'elle comprenne que je suis en érection.

« La robe de Sarah est plus échancrée que la mienne, rétorque-t-elle en regardant Dax. Te résister, voilà où est mon problème.

– Je ne veux pas que tu me résistes. »

La bête grogne devant son évident jeu de séduction. Ma partenaire est la tentation personnifiée. Quand cette putain de fête va donc se terminer ?

« Commandant Deek. » Un homme se racle la gorge et j'abandonne à regret ma partenaire afin que nous puissions accueillir l'homme qui vient nous féliciter.

Je me fige en reconnaissant Engel Steen et Tia. Elle est plus ou moins vêtue de la même manière que Tiffani, d'une robe rouge foncé, sa forte poitrine est bien en vue. Et pourtant, la bête aurait éprouvé plus d'intérêt pour un soldat de la Ruche que pour cette femme.

Je serre la main d'un seigneur de guerre Atlan plus âgé. Il porte une tunique ample noir et or et un pantalon large adapté à un homme de sa stature, la tenue civile que je vais devoir porter. Les Atlans sont toujours prêts à se battre, ou à défendre leurs partenaires d'un homme en proie à la fièvre d'accouplement. Ça fait tellement longtemps que je porte une armure de combat que je me sens nu dans cette tenue gris anthracite et vert foncé que Sarah a fait faire pour moi afin que Tiffani et moi soyons 'assortis'.

Au début j'ai trouvé cette idée ridicule mais ça avait l'air de plaire aux femmes. Je me fiche totalement de mes vêtements. Mais maintenant, j'avoue que j'apprécie que les gens sachent, d'un seul regard, que ma partenaire et moi sommes en couple. Mienne.

Tia s'éclaircit la gorge et me regarde d'un air interrogateur, elle observe ma partenaire et lève les sourcils, comme si j'étais le plus mec le plus stupide de toute la planète. Peut-être bien. Et même si je ne lui donne pas tort, je suis soulagé qu'elle me considère à nouveau comme un grand frère un peu agaçant et non pas comme un partenaire potentiel.

« Tiffani, je te présente mes cousins. Voici Engel Steen. Il siège au conseil Atlan et est chargé du commerce interplanétaire.

– Ravie de vous rencontrer. » Tiffani serre la main, une étrange coutume terrienne que Sarah et Tiffani ont essayé de m'expliquer. Je leur ai dit que les hommes mariés n'aimaient pas qu'on touche leur partenaire. Si les Atlans se serraient les mains, comme les terriens, les guerriers le prendraient très mal.

Comme prévu, Engel la dévisage simplement un instant et s'incline jusqu'à la taille afin de lui présenter ses respects, comme l'exige la coutume. « Ma Dame, je suis très honoré. »

Elle me sourit brièvement mais je lis la résignation de la défaite dans ses yeux. J'avais vu juste.

Tiffani sourit à Engel qui serre sa main. « Merci.

– Voici sa fille, Tia. »

Tiffani se raidit en entendant mentionner le prénom de Tia, mais je doute que quiconque d'autre que moi ne s'en soit aperçu. Elle arbore toujours un grand sourire. Tia tend la main à ma partenaire, elle lui décoche un large sourire et accepte le geste.

« C'est un honneur de vous rencontrer, Tiffani. Je suis très contente de vous savoir ici. » Elle rougit mais je sais que Tiffani a vu le rouge lui monter aux joues, ma partenaire s'est raidie et a esquissé un sourire forcé.

« Merci. C'est un plaisir de vous rencontrer. »

Tia retire sa main. Elle fait une tête de plus que ma partenaire, ses yeux sombres dévorés d'inquiétude tandis qu'elle joue avec ses longs cheveux bruns qu'elle rejette derrière ses épaules, comme si elle n'avait rien de mieux à faire. Tia prend une profonde inspiration, je m'attends au pire.

« Vous avez une jolie robe, » répond Tia. Je pousse un soupir de soulagement.

La bouche de ma partenaire s'adoucit et s'épanouit en un vrai sourire. « Merci. Vous aussi.

— Puisque nous faisons désormais partie de la même famille, je me ferai un plaisir de vous faire visiter. Deek est un bon guide, mais je suis sûre que vous apprécierez la compagnie d'une femme. » Tia paraît sincère. « J'aimerais vraiment que nous soyons amies.

— Moi aussi. » Tiffani me jette un regard. « J'ai appris que vous vous étiez proposée pour sauver Deek. »

Tia la regarde avec appréhension, comme si elle craignait de répondre. Je ne lui en veux pas, il est de notoriété publique que les partenaires Atlans, homme et femme, sont plutôt du genre possessif. Je serre la main de Tiffani pour lui prouver que je n'ai pas l'intention de tuer ma lointaine cousine sous prétexte qu'elle est jalouse.

« Oui, finit par avouer Tia. Et je suppose que vous avez certainement appris que le Commandant Deek et moi étions promis l'un à l'autre quand nous avions cinq ans. »

Tiffani me regarde avec surprise, je me contente de l'attirer contre moi et de l'enlacer, tandis que Tia poursuit.

« Je veux que vous sachiez que j'aime Deek. C'est comme un frère pour moi. On a grandi ensemble. Mais aucun de nous n'avait vraiment envie de se marier, Tiffani. Sa bête ne voulait pas de moi. On l'a bien vu récemment. Lorsque je lui ai rendu visite, en m'offrant, c'est parce que je ne voulais pas le laisser mourir sans tenter de le sauver. C'était impossible. »

Tiffani, toute raide dans mes bras, se détend et s'élance pour enlacer Tia. « Merci d'avoir essayé. Je comprends. Et je vous en suis reconnaissante. C'est bon de savoir que Deek a une famille qui l'aime tant. »

Tiffani recule parce qu'Engel se racle la gorge. « Oui, Deek. Je suis grandement soulagé de vous savoir mariés. Nous étions tous très inquiets.

– Merci, cousin. » Je n'avais pas imaginé que Tia se soit offerte en tant que sacrifice, comme un acte d'amour envers son frère. Mais maintenant, grâce à Tiffani, je comprends et ma colère envers elle s'évanouit définitivement. Quant à son père, c'est complètement différent. Ce qui nous oppose ne peut faire l'objet d'une discussion courtoise en pleine cérémonie.

Je contemple la femme qui a bien voulu sacrifier sa chance d'un vrai accouplement, son bonheur, pour me sauver la vie. « Merci, Tia. C'est un honneur. »

Tia regarde son père et lui donne un coup de coude.

« Tu as raison. C'aurait été une honte qu'un

Commandant tel que vous succombe à la fièvre d'accouplement. La perte aurait été tragique. »

Tia et Tiffani continuent de parler, aller au marché, faire du shopping, des trucs de femmes tandis que je dévisage Engel. Oui, il doit penser que c'est un beau gâchis. Qu'il est bien dommage que j'aie succombé à la fièvre au lieu de garder mon rang de Commandant de la Flotte de la Coalition, pensais-je sèchement. Tiffani tique légèrement, elle prend ma main en sentant ma colère. Ça me fait du bien, ainsi qu'à la bête. Ce geste tout simple, sa douce caresse calme mon agacement d'une manière incroyable.

Engel est peut-être le cousin de ma mère, mais il est aussi membre du conseil d'Atlan depuis bien trop longtemps. On m'a souvent demandé de rendre service, des profiteurs, notamment eu égard à mon rang au sein de la Flotte, mais je n'ai jamais rien concédé à un membre de ma propre famille. Jusqu'à l'arrivée d'Engel.

Le commerce d'armes de la Coalition avec des planètes primitive est illégal. Engel le sait. La moindre recrue de la Flotte sait pertinemment qu'on n'a jamais livré d'armes aux sauvages. Et pourtant, c'est ce qu'a fait Engel. Lors de sa visite sur le *Cuirassé Brekk,* je l'ai attrapé avec deux caisses pleines de fusils, il était en train de les charger sur un navire cargo censé livrer du matériel médical de première urgence sur Xerima, une région en guerre.

Les Xerimiens sont des barbares. Ils font quasiment notre taille, leurs guerriers sont constamment en guerre pour les femmes ou des territoires. Leur planète est protégée par la Flotte de la Coalition, mais on ne leur a pas accordé les droits ou le privilège de devenir une planète membre. Pas encore.

J'ai repris les armes et l'ai fait arrêter. Mais Engel a des amis hauts placés, il a été relâché quelques heures seulement après son arrestation.

Le conseil a choisi de croire à ces mensonges, à savoir une erreur, une commande erronée.

Moi, bien sûr, je n'y ai pas cru une seule seconde. Et ses tentatives répétées pour me forcer à épouser sa fille, puent la manipulation à plein nez. Combien de personnes aurait-il réussi à intimider ou à acheter si j'avais épousé Tia ? Avec un commandant très puissant pour gendre ?

« Vous avez été très courageuse, Tiffani, affirme Tia. Les nouvelles vont vite depuis votre arrivée. » Tia pousse un profond soupir, ses paroles me tirent de ma rêverie.

« Des nouvelles ? Quelles nouvelles ? » Tiffani me regarde pour avoir une explication, je n'ai pas vraiment envie de la lui donner.

9

eek

Je mets un peu trop longtemps à répondre, Tia sourit à ma partenaire. « Vous ne savez pas ? Vous êtes célèbre. »

Tiffani titube, chancèle, je me fâche devant les facéties de Tia. « Tia, arrête de lui faire peur.

« Pourquoi, tu ne lui as rien dit ? Combien de demandes d'interviews as-tu refusé ? »

Tiffani me jette un regard noir, visiblement très énervée. « Ah bon ? »

Je soupire et finis par céder. Dax et moi avons longuement discuté du problème dans mon bureau il y a quelques heures à peine. Il va falloir que je finisse par me rendre à l'évidence. Mon peuple veut faire la connaissance de Tiffani, ils l'aiment parce qu'elle m'a sauvé la vie. Je suis vraiment un sale égoïste de vouloir la garder pour moi. Les gens comprennent que j'ai besoin de temps pour que ma fièvre d'accouplement se calme. Mais je ne sais plus comment faire pour éloigner les journalistes. Et les curieux finiront bientôt par venir frapper à ma porte. « Vingt-deux.

– Oh, mon dieu. » Tiffani écarquille les yeux de surprise. « Je suis une simple serveuse originaire de Milwaukee. Je n'ai rien de spécial. »

Je soupire. « Ça, c'était avant. »

Tia croise les bras en reniflant. « Tu pourras pas la cacher indéfiniment dans ta chambre, *Commandant*. »

Tiffani se met à rire, rougit violemment et pose sa main sur l'avant-bras de Tia. « Merci de m'avoir prévenue. »

Tia semble gênée qu'elle la touche—ma partenaire est très tactile—mais elle finit par sourire. « On fait partie de la même famille. En tant que femme, on doit se serrer les coudes.

– Ah au fait, » dit Engel.

Il sort quelque chose de la poche de son pantalon. Une petite bourse noire avec un cordon doré.

« C'est pour vous. » Engel remet la bourse à Tiffani en me regardant. « En gage de paix et pour m'excuser. Bienvenue dans la famille, Tiffani. »

Tiffani prend le cadeau, le contenu glisse dans sa petite main. « C'est magnifique. Merci. »

Les muscles de ma nuque et de mes mâchoires se détendent en voyant le collier. Des volutes dorées entrelacées avec des dessins en graphite gravés aux armoiries de notre famille. C'est le cadeau que j'ai refusé quand j'étais en cellule. Mais cette fois-ci, ce n'est pas à moi que Tia l'offre, mais à ma partenaire.

Je regarde Engel, comme s'il lisait dans mes pensées. « Vu que Tiffani est votre femme et qu'il s'agit d'un bijou de famille, il nous a paru normal que ça lui revienne. »

Je regarde Tia pour voir si elle est d'accord. Elle hoche la tête. « Ça sera super jolie avec cette robe, Tiffani. »

Tiffani me donne le cadeau. « Tu veux bien m'aider ?

– Bien sûr. » Je l'aiderai toujours, quel que soit ce dont elle a besoin. Je prends le collier dans sa main, il m'est familier. Je m'en rappelle très bien. « Quand j'étais petit, je m'asseyais sur les genoux de ma grand-mère et je jouais avec. J'aimais la façon dont l'or réfléchissait la lumière.

– Notre fils fera peut-être de même. » Tiffani a parlé et je me tourne vers elle. J'ouvre le fermoir et attache le bijou de valeur autour de son cou. Je dépose un baiser sur son épaule. Je ne pense à rien d'autre qu'à mon fils sur les genoux de Tiffani, sa petite main potelée jouant avec le bijou en or. Sincèrement reconnaissante et touchée par un tel cadeau, je la lâche et elle se tourne vers Engel.

« C'est très généreux à vous Conseiller. Il lui va parfaitement bien. Merci. »

Tiffani pose sa main sur le collier froid et lui adresse ses remerciements. Un autre couple prend place près d'Engel. Il les regarde en hochant la tête. « Vous avez des invités. On vous laisse. »

Engel adresse un signe de tête et donne le bras à Tia, il l'entraîne vers le buffet des rafraîchissements tandis que Tiffani leur lance, « Appelez-moi quand vous voulez. J'ai hâte d'aller faire du shopping !

– Pour sûr ! » Tia est radieuse et je me radoucis vis à

vis d'Engel. C'est un homme âgé ayant des principes d'un autre âge. J'ai fait ma part. J'ai fait un pas vers lui. Je dois oublier le passé et me tourner vers l'avenir avec ma nouvelle partenaire.

TIFFANI

JE PROFITE de la fête mais je partage le point de vue de Deek. J'ai envie de partir et de baiser avec mon partenaire. J'ai l'habitude de le voir nu ou en armure mais avec des vêtements ordinaires et en smoking Atlan, il est... incroyable. Je le boufferais tout cru.

Et dire que j'ai promis à Sarah de rester jusqu'à ce que les derniers invités soient partis. Je dois par conséquent me retenir et résister à mon partenaire jusqu'au bout. Si j'avais fait part d'une quelconque envie de partir ou de trouver un endroit tranquille, Deek m'aurait balancée sur son épaule et aurait salué à la cantonade. Je me réjouis de son attention et de ses caresses constantes, je profite d'une chose dont je n'ai jamais profité avant—un homme hyper canon super attentionné.

Il me touche constamment, je sens un changement opérer en lui. Sa main devient chaude, comme s'il avait la fièvre. Il ne tient pas en place. Son regard, calme et content toute la soirée, lorgne tous les hommes qui passent, cherchant le moindre signe de danger. Il s'approche de moi à un point qui en devient presque ridicule.

J'apprécie son côté protecteur mais c'est légèrement poussé à l'extrême. On dirait qu'il ne peut absolument pas me lâcher d'une semelle. Il me tient constamment par la taille ou l'épaule, nos corps se touchent constamment. Il parle moins aux invités. En l'espace de quelques minutes, il ne répond que par des monosyllabes. Voire, des borborygmes.

Je le regarde, il transpire et tire sur l'encolure de sa chemise. Il est tout rouge et son regard s'est brusquement assombri. Comme lorsqu'il—

Oh, merde.

« Deek, dis-je en le tirant par la main. Qu'est-ce qui se passe ? »

Le couple à côté de nous remarque son changement d'attitude et s'éloigne à la hâte, ils se regardent en murmurant d'un air effrayé.

« La fièvre, gronde-t-il.

– Partons, » murmurais-je, je l'entraîne hors de la pièce. Heureusement, il me laisse faire.

« Commandant. »

Engel Steen surgit devant nous et bloque le passage. Il nous regarde tour à tour et dévisage mon partenaire d'un air mécontent.

« Un problème ? »

Je secoue la tête et lui adresse un sourire forcé, j'essaie de passer, traînant derrière moi un immense commandant Atlan en proie à la fièvre d'accouplement. « Non, aucun. On a juste très envie ... hum, d'être seuls. »

Engel pose une main sur mon épaule pour m'arrêter. « Vous devez rencontrer le Conseiller qui vient d'arriver. Il sera fort déçu de—»

La bête de Deek gronde en voyant l'homme me toucher, je me souviens que les mariés Atlans ont pour règle sacrée de ne pas se toucher. Je me dégage de la main d'Engel, rompant le contact que le Conseiller m'impose en touchant mon épaule, mais c'est trop tard. Le grondement de Deek se mue en un rugissement terrible, qui ébranle quasiment la maison de Dax et Sarah.

Tout le monde se tait et se tourne vers nous. Deek se métamorphose devant moi. Ses dents s'allongent pour devenir des crocs. Son torse et ses épaules grossissent, ses bras doublent pratiquement de volume et ses muscles s'étirent en mode bête de combat. Il grandit de vingt centimètres, son dos s'allonge, il dépasse l'assemblée d'une bonne tête.

« Deek. Calme-toi. » Je ne peux m'empêcher de le dévisager, je l'ai déjà vu en mode bête dans la cellule mais je n'ai jamais assisté à la transformation. On dirait que je regarde un vieil épisode de l'*Incroyable Hulk* à la télé, mais là au moins, ses vêtements ne se déchirent pas et ne tombent pas en lambeaux. Les vêtements des Atlans résistent à l'épreuve de la bête.

« Il a encore la fièvre, » dit Engel, les yeux écarquillés, il tend ses mains devant lui et bat en retraite.

Deek halète, ma main posée sur sa poitrine est tout ce qui le retient de sauter sur Engel.

« Ne la touchez pas, » dit Deek, sa voix est rauque, le grondement sourd que j'entends depuis qu'on est mariés.

« Reculez, Engel. Vous n'auriez pas dû me toucher. »

Engel fait un pas en arrière. « Je regrette mais là n'est pas le problème. »

Dax et Sarah rejoignent les autres invités, qui se sont tous regroupés. Les guerriers se placent devant leurs femmes, au cas où. En l'espace de quelques instants, nous sommes complètement cernés par des douzaines de guerriers aux regards féroces ne laissant aucune équivoque possible, ils sont prêts à foncer sur Deek à tout moment.

Oh, merde. Je me tourne vers Deek et caresse sa joue. « Deek, mon chéri, calme-toi. »

Il ne me regarde même pas, Engel s'approche à nouveau. Il fait mine de s'approcher, je fais la grimace et Deek rugit.

Engel se fige et se tourne vers Dax. « Commandant Deek a de nouveau la fièvre d'accouplement. Faites venir les gardes sur le champ. »

J'aimerais casser la gueule à Engel pour avoir osé parler de l'état évident dans lequel se trouve Deek, si je m'écoutais, je lui enverrais un coup de pied dans les couilles pour oser envoyer mon partenaire en prison. Je pivote vers Dax. « Ne vous avisez pas de faire ça. Aidez-moi à le faire sortir d'ici. Je suis sa femme. Tout ira bien.

– Ne me touchez pas, répète Deek en fixant Engel du regard avec l'acuité d'un laser et en serrant les poings. Partenaire.

– Partenaire ? dit Engel d'un air incrédule et un peu trop fort à mon goût. Il est impossible que ce soit votre femme. Regardez-vous. »

Engel lève le bras et l'agite. Tout le monde se tourne pour regarder Deek, les yeux lui sortent presque de la tête tandis qu'il comprend où Engel veut en venir. Il respire de façon saccadée, comme s'il venait de se battre.

« Deek, ne l'écoute pas. Je suis ta femme. Je me fiche de ce qu'il raconte. »

Apparemment, lorsqu'il est pris à partie par un autre seigneur de guerre, la femme devient totalement invisible, Deek me tire du milieu et me met derrière lui, hors de son chemin.

« Partenaire ! hurle Deek.

– Elle n'est pas votre partenaire, Commandant. Sinon, vous ne vous mettriez pas dans des états pareils. » Il ne parle pas fort ni essaie d'argumenter, il le sermonne, comme s'il apprenait deux plus deux à un gamin de cinq ans.

« Epargnez-moi vos conneries, Engel. » Je me colle contre le torse imposant de Deek et jette un sale regard à Engel. Trou du cul. S'il m'avait laissée emmener Deek, on n'en serait pas là. Oh mon dieu, j'avais envie de lui donner un coup de pied dans les couilles mais maintenant, c'est un coup de pied au cul qu'il mérite.

« C'est pourtant évident ma chère. Vous n'êtes pas sa partenaire. C'est tout à fait impossible. »

Deek saute sur Engel avant que j'aie le temps de lui hurler de ne pas le faire. Le vieil homme tombe par terre et Deek lève bras levé pour le frapper. Voire pire.

Je pousse un hurlement, en partie mêlé aux cris de surprise de l'assistance.

Dax avance et attrape Deek par le bras mais Deek est enragé, pas moins de quatre guerriers supplémentaires sont nécessaires pour le maîtriser.

« Deek ! hurle-t-il, faisant usage de toute sa force de seigneur de guerre Atlan pour qu'il lâche Engel Steen. Reprends immédiatement le contrôle de ta bête.

Immédiatement ! » Dax se tourne vers moi. « Tiffani ! Aidez-nous ! »

Je me précipite vers Deek et place ma main sur sa taille, je l'enlace afin qu'il sache que je suis là. Ça a l'air de fonctionner mais je sais que si les autres le lâchent, il se jettera à nouveau sur le Conseiller.

« Mon dieu, cet homme est complètement parti. La fièvre l'a rendu fou ! » Engel gît par terre sur le dos, bras tendus devant lui pour se défendre. Il a une légère entaille au niveau du sourcil, j'ignore comment il se l'est faite puisque Deek n'a pas levé la main sur lui.

Tia s'agenouille près de son père, visiblement inquiète et regarde Deek avec un mélange d'horreur et de tristesse. « C'est pas possible. » Elle me regarde et je la force à baisser les yeux, je la mets au défi de répéter cette connerie comme quoi Deek n'est pas à moi. Il est à moi. À moi !

Dax se place entre Deek et Engel et lutte pour faire reculer Deek.

Je me fiche d'Engel, je ne pense qu'à Deek. La bête bouillonne de rage. La sueur dégouline de son visage. Mon dieu, il a un regard terrible. Deek a disparu, il ne reste que la bête.

« Deek, appelle Dax. Commandant. »

Deek grogne, il essaie de parler, de se faire entendre en faisant fi de la bête.

« Commandant, répète Dax. Calmez-vous.

– Mienne grogne Deek. Partenaire. »

La bête déteste l'idée que je ne sois pas sa partenaire. J'aime que la bête tienne autant à moi mais ce petit interlude risque d'attirer des ennuis à Deek.

« Ce seigneur de guerre a perdu son sang-froid ! crie Engel. Vous avez vu. Vous avez vu ce qu'il m'a fait. »

Il s'adresse aux invités qui opinent tous du chef, ils regardent Deek lutter pour reprendre le contrôle de sa bête. Tous connaissent la fièvre d'accouplement. Punaise, je suis sur Atlan depuis une semaine seulement et je sais à quoi ça ressemble.

Les invités se mettent à murmurer.

La fièvre est revenue.

Leur accouplement n'est qu'une mascarade.

Apparemment, cette extraterrestre n'est pas sa partenaire.

Il faut s'en débarrasser.

Comme c'est triste. Il va être exécuté.

10

Exécuté ?

J'ai le cœur brisé. Comment ces étrangers osent-ils douter de notre union ? Ils ne connaissent rien de notre lien, de ce que nous représentons l'un pour l'autre.

Mais je dois avouer que la fièvre est remontée.

« Appelez les gardes, dit Engel en se levant, les jambes tremblantes. Tia, dépêche-toi d'appeler les gardes. Il faut l'emmener hors d'ici de toute urgence. Il constitue un danger pour lui-même et toute l'assemblée. Engel se tourne vers moi et se radoucit. « Ça vaut aussi pour vous ma chère. Je suis sincèrement désolé. »

Dax murmure quelque chose à Deek mais je n'entends pas ce qu'il lui dit. Je me place à côté de mon partenaire, espérant que mon contact et le fait de me voir l'apaisera. Je ne peux pas le baiser devant les invités, mais à la limite, je m'en fiche. On a baisé pendant des jours comme des lapins et la fièvre s'est à nouveau emparée de lui.

Je touche la peau chaude de Deek, Engel épie d'un œil sombre mes moindres mouvements. Il ne croit pas que je sois la bonne partenaire pour Deek. Je le vois dans son regard. Je porte les bracelets, supposés aider les hommes à contrôler leurs bêtes. J'ignore le fonctionnement du système de circuit imprimé sur le seigneur de guerre qui les porte, mais j'ai testé la portée de mes propres bracelets il y a deux jours et j'ai souffert le martyr lorsque je me suis trop éloignée de lui. Il s'est mis en colère, il ne veut pas que je souffre, mais j'avais trop envie de les tester.

J'aurais dû l'écouter. On aurait dit une décharge de Taser.

Je suis donc restée à ses côtés, pour mon immense plaisir, pour éviter de prendre une autre châtaigne. Je lui ai permis de me posséder autant de fois que nécessaire. Je lui ai tout donné. *Tout.* Mais c'est insuffisant.

Je réalise que je ne suis pas celle qu'il lui faut. Je n'ai rien d'autre à lui offrir. Peu importe à quel point j'aimerais, je ne suis pas la femme qu'il lui faut. Engel a peut-être raison. Hormis les bracelets, rien ne prouve que nous sommes en couple, peu importe leur signification. On m'a rabâché une demi-douzaine de fois qu'une partenaire Atlan est la seule en mesure de contrôler la bête de son partenaire. La seule personne de tout l'univers qu'un Atlan en mode bête daignerait écouter.

J'ai échoué une fois encore.

Les gardes franchissent les portes, leurs fusils à ions

sont chargés.

« Baissez ces putains d'armes, leur crie Dax. Le Commandant a la fièvre, ce n'est pas un criminel.

– Il m'a frappé. Tout le monde l'a vu. Je suis désolé Dax. Je sais que vous êtes amis mais il est dangereux, » rétorque Engel.

Engel me regarde, on exécute son ordre, Deek est menotté.

Les gardes commencent à l'entraîner vers la porte.

« Partenaire, grogne Deek.

– Elle doit le suivre, » insiste Dax.

Je ne veux pas quitter Deek, mais je ne m'attendais pas à ce que Dax ordonne que je le suive en prison. Je ne peux rien faire pour l'aider à contrôler sa bête. Je ne comprends pas pourquoi il m'a dit ça la première fois, il n'était pas aussi enragé que maintenant.

« Il va la blesser ! réplique Tia, en se plaçant à côté de moi. Restez avec moi, » dit-elle en me regardant d'un air triste.

« Elle doit le suivre, répète Dax. Ils portent les bracelets. »

Les bracelets. Voilà pourquoi. Non pas parce que je suis la partenaire de Deek, mais parce que la séparation serait trop douloureuse.

« J'y vais, dis-je, la tête haute, je me lève pour suivre les gardes. C'est l'un des moments les plus gênants—et terribles—de ma vie. Tout le monde sait que j'ai échoué, que je ne suis pas assez bien pour un commandant. Je ne suis pas sa partenaire. J'ai échoué.

« Je resterai avec lui, » murmurais-je, la gorge nouée. Il est hors de question que je pleure.

« En prison ? rétorque Tia.

– J'y suis déjà allée. Ça ne me fait pas peur. » En vérité, je ne peux pas vivre sans lui.

« J'ai bien peur qu'il n'y reste pas longtemps. Engel se glisse près de sa fille et pousse un soupir résigné. « Dans pareil cas, l'ordre d'exécution risque d'être proclamé très rapidement."* »

C'est comme si j'avais reçu un coup de poignard dans le ventre. « Combien de temps lui reste-t-il ? » La prison ne me fait pas peur. J'ai peur de ce qui risque d'arriver à Deek. Il a des ennuis à cause de moi. Je ne suis pas celle qu'il lui faut. Son sperme n'a pas pris racine, ou notre lien, je n'en sais rien. Je ne lui conviens pas. Je ne plais pas suffisamment à sa bête.

« Quelques heures, » répond Dax. Les larmes me montent aux yeux, mais je n'ai pas le temps de me laisser aller. Ils emmènent mon partenaire dans une sorte de panier à salade afin de le conduire en prison.

Deek va mourir. Et cette fois-ci, je ne peux rien pour le sauver.

Dax m'accompagne jusqu'au véhicule, un garde m'escorte à l'arrière. Je ne le regarde pas dans les yeux. Ni lui, ni personne. Je n'ai pas envie de lire de la pitié ou un quelconque jugement dans leurs regards. Je risque de craquer si j'y décèle la moindre trace de sympathie. De verser des larmes. De gros sanglots intarissables.

J'aime mon partenaire. Je l'aime. Un grand rustre canon. Pour la première fois, grâce à lui, je me suis sentie belle, désirable, je veux pas que ça s'arrête. J'ai aimé quand il m'a baisée contre le mur. Quand il s'est installé entre mes cuisses et m'a léchée jusqu'à ce que je perde la raison. J'aime sa façon de contempler mon corps, mes seins et mon ventre, comme si j'étais un dessert délicieux. J'aime être avec lui. Il va mourir par ma faute.

Je m'assoie en silence durant le court trajet menant à la prison, le véhicule de Deek suit le mien de près. Il est en sueur, haletant, ses yeux ne cessent d'épier les alentours, comme si chaque ombre abritait un ennemi.

Je suis en soupirant la petite colonne de guerriers qui nous escorte dans le couloir beige jusqu'à la cellule identique à celle de mon arrivée. Bloc 4. Cellule 11.

Je pénètre dans la cellule et me pelotonne directement sur le lit.

Si Deek me rejoint, je ferai de mon mieux pour le soulager. Je me fiche complètement de devoir le baiser comme une malade, de sucer sa bite, de le faire rugir de plaisir et hurler comme jamais.

Je pourrais tout simplement le baiser mais ça n'apaiserait pas sa bête. Seule sa vraie partenaire est capable de le sauver. Si cette femme apparaissait maintenant et le possédait, s'accouplait avec lui, soulageait sa bête, mon cœur se briserait en mille morceaux. Il est censé m'appartenir. A tout jamais.

J'entends le champ de force, le mur antigravitationnel, mais je ne m'en occupe pas. Je tourne le dos à Deek qui fait les cent pas et grommelle. Je ne veux pas le voir. Ça me fait trop de peine.

Des larmes silencieuses coulent sur le matelas. Deek ne m'adresse pas la parole, il finit par venir dans le lit et me prend dans ses bras. Mon dos se love contre sa poitrine brûlante, ses énormes bras m'emprisonnent. Je suis moralement épuisée mais je refuse de dormir.

S'il ne nous reste que quelques heures à vivre ensemble, je ne veux pas les gâcher, je veux profiter des bras chaleureux de Deek autour de moi.

La lourde chaîne en or que je porte au cou résonne comme une malédiction, un sarcasme, une raillerie. L'or représente l'éternité, ma place dans la famille de Deek.

Ça ne signifie plus rien, hormis des rêves à jamais envolés et des regrets.

J'ai dû m'assoupir, à mon réveil, j'entends des voix féminines. C'est bizarre, je me souviens soudain de ce que m'a dit Sarah, des femmes Atlan défilent en prison parmi les cellules de confinement afin d'offrir aux hommes Atlan une dernière chance de trouver leur partenaire. Leur présence me remplit de rage, l'une d'entre elles peut s'avérer la partenaire idéale pour Deek.

Il est à moi.

Sauf que non. Sinon, il ne serait pas ici.

Je lève la main et effleure des doigts les dessins or et anthracite à mon cou. Le symbole de mon union avec Deek, de mon statut de femme mariée. La déclaration tangible du pouvoir que j'exerce sur lui, de ma capacité à contrôler sa bête.

Sauf que j'ai échoué.

L'une de ces femmes sera peut-être encore plus belle, plus désirable. Elle réussira peut-être à le sauver.

Malheureusement, il n'y a qu'un seul moyen de savoir si leur présence au sein de cette unité est de nature à réconforter les condamnés à mort. Ce qui implique baiser, tester sa compatibilité avec la bête.

J'essaie de me dégager du bras lourd posé en travers de ma taille et descends du lit le plus doucement possible. Deek s'étire, je lui murmure de se rendormir. Ce qu'il fait, à ma plus grande surprise.

Il ne dort jamais aussi profondément. Il suffit que je me tourne sous les couvertures en pleine nuit pour qu'il se réveille sur le champ. Il prétend que c'est dû à ses nombreuses missions, il a trop combattu sur le front, la moindre seconde de relâchement pouvait lui être fatale.

Mais là ? Il lève la tête à grand peine, ouvre les yeux, les paupières lourdes.

Je secoue la tête, m'approche du fameux mur et découvre plusieurs femmes Atlan qui déambulent nonchalamment de cellule en cellule, elles matent les prisonniers pour en trouver un à leur goût.

Une femme s'arrête devant moi. Je l'examine de l'autre côté du champ de force scintillant, j'essaie de cacher mon mal-être. Elle est grande, comme toutes les femmes Atlan, elle me dépasse de vingt bons centimètres. Ses cheveux blonds lui descendent au niveau des fesses. Sa poitrine est plus imposante que la mienne, sa taille fine est bien dessinée, on dirait une championne de culturisme avec ses bras et jambes musclés.

Qui plus est, elle est superbe. Des yeux bleu clair et des lèvres roses. Un top model géant.

Je ne peux pas rivaliser avec une femme pareille.

« Bonjour. Je m'appelle Seranda. »

Elle a une belle voix douce et mélodieuse.

Je me borne à hocher la tête.

« Je suis venue l'aider, dit-elle en contemplant Deek.

Mon cœur bat à tout rompre mais j'essaie de refouler mon angoisse. « L'aider à quoi ?

– J'ai entendu parler de vous, je suis désolée que ça n'ait pas marché avec Deek. C'est un farouche guerrier très respecté. » Sa voix est légèrement effrayée, elle regarde le lit derrière moi sur lequel dort mon partenaire, mon Deek. Son regard se fait plus intéressé, je lutte pour réprimer la colère qui se lit sur mon visage. Je n'ai pas le droit de me mettre en colère. Je n'ai plus le droit à Deek. C'est terminé.

Elle me regarde, la pitié se lit dans ses yeux bleu clair. « Il est magnifique, Tiffani Wilson de Terre. J'aimerais vous aider à le sauver. »

Je lève les sourcils devant ce qu'elle essaie d'insinuer. « Vous... vous voulez baiser avec lui pour voir si vous plaisez à la bête.

– Si je lui plais ? » Elle hausse des épaules parfaites. « Sa bête doit vouloir de moi en tant que partenaire. »

Je pince les lèvres. « Oui, j'en suis consciente. Et si ça ne marche pas ?

– u moins j'aurais essayé, non ? Vous n'auriez rien perdu. Son exécution ne saurait tarder. »

Mon cœur s'arrête et se serre dans ma poitrine, c'est une vraie torture. « Quand ça ?

– Aujourd'hui. Il ne lui reste que huit heures à vivre. »

J'aimerais lui crever les yeux mais ça ne changerait rien. Je ne suis pas la partenaire de Deek. Je n'ai aucun pouvoir sur lui, je n'ai pas à lui dire qui il doit épouser. Je ne suis plus personne.

Mais je l'aime. Il est doux, c'est un amant attentionné,

un animal exigeant. Il m'a toujours bien traitée, il aurait fait n'importe quoi pour me faire plaisir. Il serait mort pour me protéger. Grâce à lui, je me suis sentie désirable. Belle. J'existais.

« Et si ça marche pas ?

– Alors il mourra. » Elle hausse les épaules. « Mais vous saurez au moins que j'ai essayé de le sauver. Si vous refusez, votre jalousie purement égoïste causera sa perte. »

Ouaouh. Elle a sorti ses griffes. Cette salope insinue que si je ne la laisse pas entrer dans le cellule pour qu'elle le baise et essaie de calmer sa bête, je serais coupable de sa mort. Je l'imagine avec elle, je sens que je vais vomir sur mes chaussures. Deek est une vraie bombe au lit, c'est dû à notre connexion. On est connectés, peut-être pas en tant que mari et femme, mais je n'ai jamais ressenti ça avec aucun homme. Ça me brise le cœur. Je l'aime. Je lui ai donné bien plus que mon corps. Je lui ai donné mon cœur. Mon âme.

Et je dois le regarder mourir.

A moins que je lui permette de trouver sa partenaire parmi ces femmes Atlan, Seranda y compris. Si je ne suis pas la femme de sa vie, devoir rester dans sa cellule est un aller simple pour l'exécution.

Au lieu de l'aider, de le soulager, je le condamne.

Je regarde les bracelets que je porte aux poignets. Je me suis habituée à leur poids, ils me rappellent ma connexion avec Deek.

Ils me font désormais penser à des menottes, je suis liée à lui alors que je ne suis pas celle qu'il lui faut. Ma présence ici le voue à une mort certaine.

Je regarde Seranda. Je lui ressemble. Oui, en plus grosse, moins belle et pas Atlan pour deux sous. Dax et Sarah m'ont conduit dans sa cellule dans l'espoir que je sois la partenaire idéale, que mon corps apaise la bête. Le Programme des Epouses m'avait assuré que nous formions le couple idéal mais l'ordinateur n'est pas infaillible.

Je suis comme Seranda, en moins bien. Une ratée. Je ne mérite pas les bracelets.

Deek ne m'appartient pas.

Je trafique le bracelet pour essayer de l'ouvrir. Ça m'énerve, je tire dessus, les larmes ruissellent sur mon visage. J'avais réussi à pas pleurer mais les bracelets sont tout ce qui me relie à lui. Et je m'en débarrasse. Je tire un trait sur nous.

Je finis par trouver l'étrange découpe qui ouvre le fermoir, j'enlève le bracelet. Je défais le second bien plus facilement. Je les dépose à mes pieds et essuie mes joues.

« Appelez le garde, Seranda. Faites désactiver le mur antigravitationnel. Essayez de le sauver. »

Elle hoche la tête, l'air grave, pas du tout victorieuse. Elle a l'air sincèrement désolée pour moi. Je crois qu'elle respecte et admire profondément Deek, elle le désire vraiment, elle veut le sauver. Ça m'est encore plus douloureux.

J'attends que le mur antigravitationnel soit désactivé et traverse le couloir. Je regarde Seranda dénouer les bretelles de sa robe. J'aperçois ses seins parfaits, elle entre dans la cellule de Deek. Je l'imagine, nue, parfaite, tirer Deek de son sommeil.

Je me retourne et m'enfuis, ma place n'est plus ici.

11

Je suis tellement épuisé, vidé, que je n'arrive pas à me réveiller. Mais Tiffani est dans mes bras. Non, elle est sur moi, elle m'embrasse dans le cou et déboutonne lentement ma chemise. Je pousse un grognement satisfait, ma bête est en éveil, aux aguets. Elle me pousse à me réveiller. Pourquoi ? Pourquoi ma bête ne baisse pas sa garde et se laisse faire par Tiffani ?

« T'es immense. »

Je me fige en entendant sa voix, ma bête hurle littéralement de rage.

Je sens le parfum écœurant des turins, cette fleur qui s'épanouit sur Atlan à la saison chaude.

J'ouvre les yeux et vois ses cheveux blonds. Une femme qui n'est pas Tiffani, est sur moi et me lèche le cou.

Je suis désormais bien réveillé, la bête grogne, un grondement sourd s'élève de ma poitrine. J'attrape la femme par la taille—elle est nue—la soulève et la dépose à bas du lit.

Je bondis et m'éloigne autant que les murs de ma cellule me le permettent. Je passe ma main dans mes cheveux, elle est entièrement nue. Elle ne fait rien pour s'en cacher, elle rejette les épaules en arrière et relève la tête afin que je voie ses… atouts.

« Je suis à votre service Commandant, » je vois clairement de quelle façon elle compte me *servir*.

« Où est Tiffani ? »

La cellule n'est pas grande. Elle n'a pas pu se cacher sous le lit.

« Elle est partie. » Elle effleure ses hanches de façon aguicheuse, caresse son ventre et ses seins. Ses tétons durcissent. N'importe quel homme Atlan serait excité à sa vue, mais son côté aguicheur me dégoûte. Je ne veux pas d'elle. Je veux une brune aux yeux verts. Je veux un corps voluptueux, accueillant, une femme que je peux dominer, pas une star du catch.

« Partie ? demandais-je en tirant le drap de lit pour le lui donner. Couvre-toi, femme.

– Je m'appelle Seranda, je suis ici pour apaiser ta bête. »

Elle bataille avec le drap et le tient devant elle. Elle s'enroule dedans mais la courbe tentatrice de ses hanches et une épaule émergent.

Je m'accorde un répit. Ma bête rode et grogne, une femme célibataire se trouve dans ma cellule. Nue. Sur moi, en train de me lécher le cou. Ça ne m'excite pas, j'ai la fièvre. Le supplice est terminé.

Pour le moment du moins.

« Ma bête veut Tiffani.

– Votre bête a besoin d'une partenaire, sinon vous mourrez. » Elle m'adresse un regard interrogateur et pince les lèvres en signe d'agacement. « Dans moins de huit heures. »

Elle est belle, son corps est parfait... pour un autre. C'est une pute.

« Tiffani est ma partenaire, » grondais-je, les dents serrées.

Seranda secoue doucement la tête et indique les bracelets gisant par terre, près du mur antigravitationnel. « Non. Qui m'a laissé entrer d'après vous ? Elle vous a quitté, Commandant. »

Je m'avance et les ramasse, abasourdi.

Les bracelets sont froids. Vides. « Putain. »

Je pivote et affronte cette femme Atlan. J'ai déjà oublié son prénom. Quand elle sortira de ma cellule, j'aurais déjà oublié son corps et son visage. Ma bête veut Tiffani, personne d'autre. C'est ma partenaire. Je le sais. Ma bête le sait.

Mais j'ai toujours la fièvre. Je n'y comprends rien. Pour ma bête, c'est très simple. Elle veut Tiffani.

« Dégage, grondais-je.

– Je suis ici pour vous apaiser.

– J'ai pas envie qu'on m'apaise. Je veux Tiffani.

– Je pourrais être votre partenaire. »

Ma bête montre les dents et grogne.

« Non.

– Vous allez mourir. Essayez, Commandant. Touchez-moi. Laissez-moi vous toucher. Donnez-moi une chance de vous sauver. »

Elle avance d'un pas mais je l'arrête d'un geste de la main.

« Non.

– Elle a ôté ses bracelets pour vous sauver. »

Je la regarde pour voir si elle ment. « Hein ?

– Elle ne veut pas que vous mouriez. Elle est … jolie pour une extraterrestre. Elle a ôté ses bracelets pour que vous puissiez me baiser. Pour voir si votre bête pouvait se calmer, que la fièvre d'accouplement baisse.

– Elle *voulait* que tu me baises ? »

Pour la première fois, la femme Atlan semble perdre de son assurance. « Non, si elle avait pu, elle m'aurait arraché les yeux. Mais elle sait qu'elle n'est pas votre partenaire, qu'elle ne peut pas vous sauver, apprivoiser votre bête. Elle pleurait, Commandant, elle a fait preuve de courage. Elle est partie pour que vous ayez la vie sauve. Faites-en sorte qu'elle ne se soit pas sacrifiée pour rien. »

Je ne sais pas si j'ai envie d'administrer une bonne raclée à Tiffani, de la frapper jusqu'à ce que ses fesses soient rouges au point de ne plus pouvoir s'asseoir pendant une semaine, ou la prendre dans mes bras et l'embrasser à perdre haleine pour son abnégation, son courage, son entêtement.

Peu importe, ça n'a aucune importance. Elle est partie et je suis planté là avec une femme Atlan qui veut baiser avec ma bête. Ma bite est toute molle dans mon froc. Cette femme n'intéresse ni l'homme ni la bête.

Putain. Je vais mourir.

Tiffani

Sarah et Dax ont la gentillesse de m'accueillir chez eux. Je n'ai nulle part où aller sur Atlan. La maison de Deek n'est plus la mienne. J'étais auparavant connue comme celle ayant eu le courage d'entrer dans la cellule de Deek et le tirer d'une mort certaine en m'accouplant avec lui ; je suis désormais tristement célèbre comme étant celle ayant précipité sa chute. Je sais pas comment allumer une télé Atlan et de toute façon je n'ai pas envie de ça. Je n'ai pas envie d'écouter ce qu'on raconte.

Je n'ai pas d'amis, pas d'avenir, je me demande ce que je vais devenir. D'après le règlement du Programme des Epouses, si le mariage ne s'avère pas concluant, quelle qu'en soit la raison, on nous attribue un autre partenaire. Toujours d'après ce fameux règlement, je ne peux pas quitter Atlan pour retourner sur Terre mais je peux accepter un autre partenaire potentiel. Le lien ne sera pas aussi fort, ça n'aura rien à voir. Ça ne sera pas Deek.

On dirait que je n'ai pas le choix. Deek peut sauter toutes les femmes Atlan consentantes à la recherche d'un partenaire qu'il veut et ainsi sauver sa peau, je me verrai attribuer un autre candidat. Je vais peut-être vivre à ses côtés et le voir avec une autre, ou pire encore, apprendre que Deek a été exécuté.

Je déteste l'idée qu'il en touche une autre, qu'il en

aime une autre. Mais je l'aime trop pour le laisser mourir. Quoique je fasse, c'est foutu. Je dors par intermittence et pleure dans mon sommeil. Je lui ai tourné le dos. J'ai eu la force de le faire. Qui pourrait en dire autant ?

J'ai tellement pleuré que je n'arrive pas à me calmer. J'ai le nez bouché, des difficultés à respirer, je n'arrive pas à me détendre sachant que Deek est probablement en train de coucher avec Seranda à couilles rabattues. Je m'agite, mais pour un autre motif. Mes jambes tressautent, je n'arrive pas à me calmer. J'ai l'impression d'avoir bu des tasses de café noir, mon cerveau est épuisé de tourner en boucle, mon organisme est au bord de l'épuisement.

Je descends du lit et fais les cent pas. J'ai des fourmillements, je frotte ma peau, l'air frais de la chambre d'ami m'irrite. La lumière est trop forte, je l'éteins. J'ai la bouche sèche, j'ai soif. Très soif. Je me précipite dans la cuisine et me rappelle comment a fait Sarah pour remplir un verre d'eau.

Je l'avale d'un trait et le remplis à nouveau.

J'imagine Deek en train de sauter cette femme, il la cloue au mur tandis que sa bête la pilonne sans relâche. J'imagine le regard de plaisir intense que j'ai souvent vu son visage, qui se lit dans ses yeux. Son grondement sourd.

Mon dieu ça me fait de l'effet. Mon vagin se contracte et je mouille, ma colère décuple. Mes yeux s'embuent tandis que je bois un troisième verre d'eau. Mes seins me démangent, j'imagine la bouche de Deek dessus, il tire sur mes tétons, il les soupèse jusqu'à ce que je gémisse et le supplie de me pénétrer.

Seranda. Il lèche ses seins, sa peau, sa vulve chaude et humide ...

Non. Il faut que j'arrête. Je dois me trouver une distraction. Un truc à faire.

Je passe désespérément la cuisine en revue, mon cœur bat à cent à l'heure, j'ai trouvé ma planche de salut. Une tâche sur le dallage blanc. Je ne peux pas laisser ça dans cet état. C'est moche et ça fait crade, ça doit fourmiller de microbes.

Je m'empare d'un torchon et l'imbibe dans mon verre. Je commence à astiquer le sol de la cuisine de Sarah à quatre pattes, je nettoie la tâche et continue sur tout le sol. Mes genoux me font un mal de chien mais je m'en fiche. Je suis prête à tout pour ne plus penser à la bite de Deek...

« Tiffani ! » crie Sarah.

Je la regarde, les yeux écarquillés. « Quoi ?

– Qu'est-ce que tu fais ? »

Dax surgit derrière elle, pose ses mains sur ses épaules et me regarde d'un drôle d'air.

« Quoi ? Y'avait une tache par terre, j'ai nettoyé. Le sol a besoin d'être lavé. C'est plein des bactéries. Des microbes. Partout. » Je retourne à mon travail. La sueur dégouline de mon front et tombe sur le marbre. Je pousse un cri et la nettoie aussitôt, mais une autre goutte tombe. Et une troisième. Je frotte comme une malade, je sais plus si je nettoie des larmes ou de la sueur.

Seranda se fait tringler. Ça y est, elle a ce qu'elle voulait.

Sarah écarquille les yeux. « T'es sûre que ça va ?

– Il est en train de sauter Seranda. A cet instant précis. Je le sens. »

Le grommellement désapprobateur de Dax n'arrange pas les choses. « Vous n'auriez pas dû partir.

– Ils vont le tuer. Le tuer. Le tuer. » Mon dieu, il fait huit cents degrés là-dedans ou c'est moi qui ai chaud ? Ma robe me gêne, je la déchire et l'envoie valdinguer plus loin. Mes bras et mes mains sont rouge vif.

Ah ! Je le savais. Je crève de chaud.

Sarah rampe vers moi tandis que je retourne à mon nettoyage. « T'as bu trop de vin ?"

– Du vin ? Non. J'ai soif. Je veux de l'eau. » Je me lève et remplis mon verre pour la quatrième fois. Je le bois d'un trait et en verse sur ma poitrine et mon cou. J'ai trop chaud. « Il fait chaud ici. Les extraterrestres n'ont pas la clim ? »

Sarah regarde Dax, puis moi. « La température est normale, Tiff. Qu'est-ce que tu fais par terre ? Je te ramène dans ta chambre.

– Non. Je dois laver par terre.

– Tu détestes faire le ménage, » souffle-t-elle. C'est vrai. Je déteste faire le ménage depuis que j'ai travaillé au restaurant. Deek et Dax ont des femmes de ménage. Mais me voici en train de frotter le sol à quatre pattes. Pourquoi ?

Je me relève doucement, je me vois avec le chiffon dans la main, je tremble. Ce n'est pas les quatre tasses de café. On dirait que je me suis enfilé douze canettes de Red Bull. Mon cœur se met à battre tellement fort que ça fait mal.

« Je crois que j'ai un problème. »

12

SARAH ME PREND le torchon des mains et le jette sur la table. Elle s'approche et prend mon menton dans sa main.

« T'as pris quelque chose ?

– Pris quoi ? » Je me frotte les bras, ça gratte. Je suis tendue. Mon cœur bat trop vite. Beaucoup trop vite. Il me faut de l'eau glacée. Beaucoup d'eau. Ils ont de la glace sur cette stupide planète ? Au chocolat avec des pépites de chocolat ? Il me faut quelque chose. « Il fait chaud là-dedans ou quoi ?

– Tiffani, qu'est-ce que t'as pris ?

– Pris quoi ? De quoi tu parles ? De l'aspirine ? »

Sarah hoche la tête.

« J'ai rien pris du tout. »

Sarah regarde Dax derrière elle.

« Vous en êtes sûre ? demande Dax.

– Oui. Je pleurais dans mon lit quand j'ai commencé à me sentir bizarre. Mon dieu, je dois avoir un problème. Je n'arrive pas à me calmer, ça me gratte partout, comme si des bêtes me grimpaient dessus. »

Je frémis, je tire sur les ourlets de ma robe et tressaille. Des fourmis ? Peut-être. Il y a de minuscules araignées sur cette planète ? C'est peut-être des araignées. Mais je ne vois rien. Je suis perplexe. « Y'a des araignées ici ? Pourquoi je récure votre plancher ? »

Je regarde le sol blanc et propre. J'ai été effrayée par une tâche minuscule. Alors que je me suis tapé le récurage de piles de poêles huileuses et des friteuses au restaurant. C'est rien. Rien du tout. Une tache minuscule ?

C'était quoi ? Une araignée ?

Je recule, je cherche avec quoi l'écraser. Ils ont des plats en fonte ici ? Un balai ? Oui, un balai.

Mon verre est vide.

Mon dieu, j'ai une de ces soifs. « J'ai soif, Sarah. Excuse-moi. Je peux avoir un autre verre d'eau ?

– T'en as bu combien ? »

Je réfléchis une minute. « Je sais pas. Trois. Non, quatre. On a dû me droguer. »

Sarah lève les yeux au ciel. « La drogue ça t'aurait fait dormir, pas le contraire.

– Exact. » Merde. Je le sais. J'ai vu ça une fois au restaurant. Qu'est-ce qui m'arrive ?

« Quel genre de drogue ? demande Dax.

– Ça donne sommeil. Tu perds connaissance et quand tu te réveilles, tu te souviens plus de rien. Sur Terre, du moins là où on vivait Tiffani et moi, on s'en sert pour droguer et violer les femmes.

« Bon sang, gronde Dax. Quelqu'un vous a touchée, Tiffani ?

– Personne excepté Deek, mais c'était avant qu'il ait la fièvre pendant la fête. Après, il a refusé de me toucher. Même si on a partagé le même lit dans la cellule. Il a passé son bras autour de moi et s'est endormi. C'est tout.

– T'as mangé ou bu un truc bizarre à la soirée ? demande Sarah.

– Seulement venant de Deek. »

Dax s'approche d'un meuble, en extrait un étrange objet avec une drôle de spirale au bout et revient vers moi. Il appuie sur le bouton, la spirale s'éclaire en bleu.

Je fronce les sourcils et recule.

« C'est rien, dit Sarah. C'est la baguette ReGen, tu te souviens ? Ça t'avait débarrassé de ta migraine. Ça guérit les blessures et autres petits bobos. »

Ah oui. Quand je suis arrivée, j'ai eu la migraine à cause des neuro-processeurs. J'ai l'impression que ça remonte à une éternité.

Je reste plantée là, l'air hagard, Dax agite la baguette devant mon front et descend le long de mon corps, aller-retour. « Alors ? demande-t-il une fois terminé. Vous vous sentez mieux ?

– Non. Aucune différence.

– Mais tu te sens *comment* ? demande Sarah.

– Mon cœur bat la chamade et j'ai chaud. Je deviens folle dès que je repère la moindre tache. J'ai soif. Ça me gratte partout. Regarde, j'ai la peau toute rose. » Je monte mon bras à Sarah mais Dax me regarde tandis que je poursuis « Et je suis... » Merde, je peux pas.

« Excitée comme pas deux ? » termine Sarah.

Je rougis mais Sarah n'a pas envie de rire. « Oui. J'arrête pas de penser à Deek, à... ce qu'on a fait. »

Dax m'examine. « Si vous n'avez rien mangé de spécial, qui est entré en contact avec vous ? »

Je repense à la soirée, je fais les cent pas dans la cuisine, j'essaie d'évacuer mon trop-plein de tension.

« Malgré tout ce monde, personne ne m'a touchée. Vous êtes trop machos les mecs. Un truc de ouf. Vous êtes vraiment dingues, vous savez ? » Mon dieu, Deek est possessif comme pas deux, tellement sur la défensive dès qu'un homme pose ses yeux sur moi, mais j'adore ça ! J'aime me sentir aimée. Désirée.

Et maintenant, c'est Seranda qu'il désire.

Dax grogne. « Effectivement, on n'a pas le droit de toucher la partenaire d'un autre.

Je réfléchis. « Engel, oui. Il m'a touchée. Deek est devenu dingue. C'est un vrai connard celui-là. »

Je crache ses mots et le regrette sur le champ. C'est le de cousin Deek. Sa famille. Je ne dois pas manquer de respect à la famille de Deek.

« Pardon. Je n'aurais pas dû dire ça, dis-je à Sarah, l'air penaud. Ne dites pas à Deek que j'ai parlé comme ça. Peu importe après tout, il ne m'appartient plus.

Je pousse un gémissement de douleur et me détourne.

« Tiffani, ça va. On ne lui dira rien, » murmure Sarah.

Je dois la croire, je me retourne et la vois acquiescer solennellement. Parfait. Elle ne dira rien. Mon soulagement est immense et immédiat, j'ai l'impression d'être une gamine de trois ans à qui on vient d'offrir une sucette.

Dax me regarde d'un air interrogateur. « Que voulez-vous dire par là quand vous dites qu'Engel vous a 'touché' ? »

J'ai du mal à réfléchir mais je me souviens parfaitement de ma sensation d'épouvante vis à vis d'Engel. « J'ai tendu la main à Engel Steen, le cousin de Deek, son oncle, bref, peu importe. Il ne me l'a pas serrée mais j'ai serré celle de Tia. Je présume qu'elle connaît les usages sur Terre.

– Tia ? demande Sarah. Pourquoi elle a fait ça ?

– Elle n'aurait pas dû, répond Dax. Mais on parlait d'Engel Steen, Tiffani. Essayez de vous rappeler. Il vous a touché ? »

Je secoue lentement la tête en arpentant la pièce. « Engel m'a touchée à la fin. Je n'ai pas du tout apprécié mais Deek était en proie à la fièvre. Je me souviens que Deek est parti en vrille lorsqu'il a vu qu'Engel m'avait touchée. »

Je m'immobilise et serre les poings, furieuse contre Deek.

« T'es sûr qu'il y a pas autre chose ? demande Sarah. Ferme les yeux et réfléchis. »

Je suis son conseil, je remonte le fil de la soirée. « Les premiers invités sont arrivés et Deek m'a rappelé que les Atlans ne se serreraient pas la main mais s'inclinaient pour se saluer, du moins, c'est ce que je croyais au début. Y'avait ce type ridiculement grand, tu te rappelles ? » demandais-je, les yeux toujours fermés.

Sarah rigole. « Ouais, il aurait pu être basketteur hein ?

— Il est parti, Engel et Tia sont arrivés. J'ai serré la main de Tia. Engel m'a remis le collier appartenant à la famille de Deek. »

J'ouvre subitement les yeux et porte la main au collier.

« Oh, mon dieu, je tire sur le fermoir, j'essaie de l'enlever. C'est le collier. Mais bien sûr, c'est ce putain de collier.

— Qu'est-ce que tu racontes ? dit Sarah en volant à mon secours.

— Ne le touche pas ! » crie Dax en attrapant Sarah. Il pousse un soupir de soulagement en la voyant s'écarter. « Pardon d'avoir crié mais si le collier lui occasionne ce type de comportement, je refuse que tu le touches. »

Il embrasse Sarah sur le front pendant que je trafique le fermoir, je finis par le défaire. Je le tiens à bout de bras, comme s'il s'agissait d'un serpent mort.

Dax sort une petite boîte en bois et je le mets dedans. Il la pose sur la table et s'empare de la baguette ReGen. « On va employer une autre méthode. Si votre organisme est empoisonné, la baguette va analyser le poison et le comparer à vos cellules afin de fabriquer un antidote. » La spirale bleue qu'il passe devant moi prend une étrange couleur orangée.

En l'espace de quelques minutes, je commence à me sentir mieux. Ma peau est moins sensible, ma respiration se calme et je ne suis plus à cran. Je n'ai plus l'impression de vouloir courir un marathon ou de récurer sa maison de fond en comble.

J'inspire profondément. « Bon sang. Ça va vachement mieux. »

Dax regarde la baguette ReGen en rugissant. « Je le savais.

– Quoi ? Sarah et moi posons la question de concert.

– Le Rush.

– C'est quoi le Rush ? je jette un coup d'œil à la boîte contenant le collier.

– C'est interdit depuis des dizaines d'années. Totalement illégal. Ça accélère le rythme du métabolisme, il est pratiquement impossible de contrôler la bête. Ils s'en servaient lors des orgies, jusqu'à ce que les hommes perdent leur sang-froid et s'entretuent. C'est interdit depuis longtemps, mais y'a toujours un trafic illégal parallèle.

– Comme sur Terre ? demandais-je.

– Non. Pas sur Terre. Ça ne produit pas le même effet qu'aux Atlans ou sur d'autres planètes.

– Voilà pourquoi je ne me suis pas énervée alors que Deek oui, que j'étais obsédée tandis que lui était furax.

– Exact. On ne sait pas vraiment pourquoi vous réagissez différemment. D'après les scientifiques, les extraterrestres—désolé mais pour les scientifiques Atlan, vous êtes des extraterrestres—réagissent différemment.

– J'ai peut-être été droguée alors. A moins que...

Je ne termine pas ma phrase. J'ai même pas envie d'y penser.

« Vous allez vous en sortir. La baguette ReGen a détoxifié votre organisme. Pour Deek, ou tout Atlan, aussi grand soit-il, cette drogue réveille sa bête, il a alors l'impression d'avoir la fièvre d'accouplement. » Dax s'empare de la boîte, nous regardons le collier empoisonné. « Chez les humains par exemple, le cœur s'emballe. Ça donne chaud, soif et ...

– On est excité. Ça excite.

– Oh, merde. » Sarah pose ses mains sur ses hanches. « Deek a été drogué lui aussi.

– Forcément. Deek a touché le collier lorsqu'il me l'a mis. Il est devenu dingue immédiatement après. Sa peau a dû rester suffisamment en contact avec la substance pour que ça agisse. » Je regarde Dax. « Ce qui veut dire—

– Deek n'a pas la fièvre d'accouplement. Il a été drogué.

– Et il est bien à moi. » La rage m'envahit quand je pense à ce qui a failli arriver. « Engel l'a drogué. Mais pourquoi ? Je croyais qu'ils étaient de la même famille. »

Dax devient encore plus soucieux. « Je crois qu'Engel était à bord du *Cuirassé Brekk* la première fois que Deek a été touché par la fièvre d'accouplement. »

C'est évident, je pourrais arracher les yeux du premier venu mais je ne peux qu'écumer de rage. « Il a drogué Deek depuis le départ, pour le faire exécuter. »

Sarah croise les bras. « Ou le forcer à épouser sa fille. »

Je prends une profonde inspiration et essaie de réfléchir. Réfléchir ! « Pourquoi Engel ferait ça ? Ils sont bien de la même famille ? Qu'a-t-il à y gagner ? Même si Deek avait épousé Tia, je ne vois pas où ça peut le mener. Ça n'aurait pas changé grand-chose. »

Dax pose la boîte et arpente la cuisine, la colère assombrit ses yeux. Je reconnais les prémisses de la bête qui se réveille, en proie à une rage sourde, je m'écarte du passage tandis que Sarah se précipite pour le calmer.

« Calmons-nous, on va appeler les gardes et nous rendre chez Engel, ok ? On a le temps. »

J'effectue un rapide calcul. « Cinq heures et demie. »

Les épaules de Dax se sont élargies par rapport à tout à l'heure mais il laisse Sarah caresser son dos pour l'aider à garder son sang-froid. « Le Conseiller Engel est un homme d'envergure. Lorsque Deek l'a arrêté pour trafic d'armes avec une planète non-membre, il a été relâché au bout de quelques heures.

– Quoi ? Sarah et moi nous exclamons en chœur. Quel trafic d'armes ? Putain de quoi tu parles ?'

Dax effleure l'ilot central dans la cuisine et contemple le collier. 'Deek m'en a parlé l'autre fois dans son bureau, quand vous visitiez le cuirassé.

– Qu'est-ce qu'il vous a dit ? demandais-je en m'approchant.

– Engel était à bord du *Brekk*, il supervisait l'envoi d'une cargaison spéciale de nourriture et de matériel médical sur Xerima, une planète décimée par la guerre. C'est un peuple primitif, des charognards et des barbares qui combattent comme les anciens seigneurs de guerre, pour des territoires et des femmes. Ils sont brillants, ce sont de redoutables combattants, très avides et prêts à tout pour s'emparer de la technologie des autres races.

« Et alors ? Qu'est-ce que Deek vient faire là-dedans ? » Oh bon sang, je crois que je vais étrangler Engel.

« Deek l'a surprise en train de cacher des fusils à ions dernier cri et des canons sonars dans la cargaison de matériel médical. Xerima est protégée par la Flotte de la

Coalition, mais ce n'est pas une planète membre à part entière. La fourniture d'armes, de technologie ou de moyens de transport est expressément interdite par la Coalition Interstellaire. »

Sarah exhale longuement, son souffle s'achève en un sifflement. « Deek l'a pris la main dans le sac et l'a arrêté.

– Oui. Mais Engel a été relâché au bout de quelques heures et n'a jamais dû répondre de ses agissements. » Dax est écœuré. « Il a des amis très haut placés. »

Nom de dieu, ces imbroglios politiques existent donc partout ? Et dire que je croyais les politiciens terriens véreux. « Et donc ? Il a drogué mon partenaire et comptait le laisser mourir. Il doit payer. »

Dax hoche la tête. « On est d'accord. Mais il nous faut des preuves. On doit prévenir les gardes avant de lui tomber dessus. »

Nous nous regardons avec Sarah. Elle hausse les épaules. « Ok. Alors appelle-les, fais le nécessaire. On a le collier. »

Dax secoue la tête. « Je sais. Deek a récupéré plusieurs caisses contenant des armes en guise de preuve mais ça n'a pas suffi. Engel va devoir avouer, on doit le piéger pour le faire plonger. »

Il me contemple l'air inquiet. « Il va falloir que vous alliez le voir pour le faire avouer, Tiffani. Si on peut obtenir un enregistrement de ses actes, on balancera l'infos sur tous les écrans de la planète. Il ne pourra pas nier, comme il le fait avec tout le reste. »

Merde. Obtenir des aveux ce n'est pas mon truc. Je suis serveuse, pas flic. Mais je ferai n'importe quoi pour sauver Deek. « Je veux récupérer Deek, Engel est un homme mort.

– Amen, » dit Sarah.

Je regarde Dax et me redresse. « Dites-moi ce que je dois faire. »

Seranda peut aller se faire foutre avec ses gros nichons par un autre grand guerrier Atlan. Deek est à moi et je vais le sortir de cette putain de prison. Et après, j'aiderai Dax à tuer le connard qui l'y a jeté. Enfin, le tuer peut-être pas, mais je vais lui donner un coup de pied dans les couilles qui lui passera l'envie d'utiliser sa bite pendant au moins un mois. Après, je le laisserai entre les mains de Dax. Vu la rage qui exsude littéralement du corps de Dax, je n'ai aucune crainte, justice sera faite pour mon partenaire.

Je suis extrêmement reconnaissante à Deek d'avoir des amis aussi fidèles. « Merci les gars. Je n'oublierai jamais ce que vous êtres en train de faire. Jamais. »

Sarah prend ma main. « Faut bien qu'on se serre les coudes entre Terriennes. »

Je hoche la tête, le soulagement et l'espoir me font monter les larmes aux yeux.

Sarah me serre la main. « Viens, on va buter ce salaud et récupérer ton homme. »

Nous nous installons autour de la table avec Dax, on dirait des généraux préparant la bataille. « Ok, voici mon plan... »

13

J'INSPIRE PROFONDÉMENT, histoire de me calmer. En général les gens ont des papillons dans le ventre, chez moi, ça s'apparente plutôt à une crise cardiaque. J'ai les mains moites, mon cœur bat à cent à l'heure et il m'est quasiment impossible de garder mon calme. Le plan requiert un self-control de dingue, j'arbore un sourire radieux lorsque la connexion s'établit avec Tia, au domicile de son père.

« Tiffani ! répond Tia en s'installant sur un fauteuil face à l'écran. Comment allez-vous ? »

Elle me dévisage—du moins, le peu qu'elle peut voir par écran interposé.

« Ça m'a pris quelques minutes pour comprendre comment fonctionne cette stupide machine mais je vais bien. Super bien même. »

Elle fronce les sourcils.

« Vous avez l'air... tout excitée.

– Oui, » répondis-je, galvanisée par ma nervosité. Ça me fait ça quand je suis excitée. Je *suis* excitée parce qu'on a identifié la cause de la fureur de Deek, apparemment, Dax ne rechigne pas à envoyer des hommes en prison et à les faire exécuter si nécessaire.

Je dois faire avouer Engel pour le sauver, telle est ma mission.

« Je suis super excitée. Vous n'allez pas en croire vos oreilles.

– De quoi s'agit-il ? Ça concerne Deek ? »

Je hoche la tête et une larme coule sur ma joue. Ce n'est pas du pipeau, je suis réellement bouleversée de savoir qu'on forme un vrai couple.

« Faites venir votre père. Il voudra apprendre la bonne nouvelle. Mettez-moi en relation avec lui. »

Je la regarde se lever. Elle ne porte pas la même robe que lors de la fête, mais celle que les femmes Atlan portent habituellement, la sienne est rose clair.

« Père ! » appelle-t-elle de loin, comme s'il était au fin fond de la maison.

Deek m'a dit qu'il résidait dans une maison de maître. En tant que Conseiller, il est riche. J'observe les murs de la pièce, les meubles, les tableaux aux murs en sont la preuve.

Tia revient et s'installe dans son fauteuil. Engel se place derrière elle et pose sa main sur son épaule.

« Voilà, le suspense a assez duré, énonce Tia, elle bouillonne d'impatience. De quoi s'agit-il ?

– C'est Deek. Il n'a plus la fièvre. On l'a drogué. »

Tia fronce les sourcils tandis qu'Engel agrippe imperceptiblement son épaule.

« Drogué ?

– Oui, inimaginable n'est-ce pas ? L'un des gardes de la prison a reconnu les symptômes et l'a testé. Apparemment c'est du Rush. » Je balaie l'air de la main. « Vous savez, je suis une simple serveuse sur Terre, je ne connais rien à tous ces trucs mais je crois qu'il a dû toucher quelque chose qui en contenait.

– C'est une plaisanterie ?" demande Tia, visiblement atterrée. Elle regarde son père.

– Je sais, c'est incroyable ! » J'arbore un large sourire et regarde Engel. Il reste imperturbable.

« C'est … incroyable, répond-il. Mais il a déjà eu la fièvre. Comment est-ce possible ? »

Je secoue la tête, je fais l'imbécile. « Je n'en ai pas la moindre idée. Je n'avais jamais entendu parler du Rush avant ça. Tout ce que je sais c'est que sa poussée de fièvre a poussé Dax à s'inscrire au recrutement du Programme des Epouses. Tia, vous vous rappelez que ça a sauvé Dax ? »

Elle hoche la tête avec une attention évidente. « Oh oui, tout le monde se souvient de cette histoire. C'est le couple idéal.

– Dax voulait savoir s'il pouvait sauver son confrère de la même façon. Voilà comment je suis arrivée ici. »

Tia écoute attentivement tandis qu'Engel reste impassible, il ne fait nul doute qu'il enregistre tout et réfléchit.

« D'après Dax, trop de temps s'est écoulé entre le moment où il a pris cette drogue et le moment où on s'en est aperçu, il aurait fallu fouiller tout le monde à bord du *Brekk*. Mais j'imagine que les gardes de Dax sont en train de tout passer au crible pour trouver des traces de cette substance. »

Je me frotte le visage comme pour y effacer toute trace de lassitude et pose ma main sur mon cou, sur le collier. Engel tombe dessus.

« Ils sont confiants, ils sont certains de trouver la source de la contamination et remonter jusqu'au coupable. Je frissonne. Mon dieu, je me demande qui peut en vouloir à Deek ? »

Tia secoue la tête en signe de sympathie. « Vous avez raison. C'est horrible.

– Deek est toujours en prison ?

– Il n'est plus dans sa cellule mais dans une salle de confinement. Ils se servent de cette espèce de baguette ReGen—mon dieu c'est super ce truc !— ils veulent s'assurer qu'il soit parfaitement remis avant de rentrer à la maison avec moi. » Je jette un œil derrière mon épaule. « Je suis en sécurité chez Deek, seule mais en sûreté. Deek est bien gardé, personne ne pourra lui faire de mal. Ça me tranquillise. Je vais pouvoir enfin dormir. »

Je me demande si mon bla-bla de terrienne sonne juste, j'espère qu'Engel a vu le collier, qu'il est conscient que cette preuve peut le faire plonger.

« J'ai vu des vidéos de gens sous Rush. Ça fait peur, affirme Tia.

– Je sais. J'imagine que les Terriens n'y sont pas sensibles. » Je hausse les épaules. « Qui sait ? Tout ce que je sais c'est que je suis morte d'inquiétude, et non pas excitée à cause des drogues. Je vais m'endormir comme une masse dès qu'on aura terminé cette vidéo. Je voulais vous en informer puisqu'on fait désormais partie de la même famille. »

Je tapote le collier en guise de preuve.

Tia sourit. « Je suis ravie de l'entendre. Dormez bien, on vous rendra visite demain pour fêter ça.

– Une autre fête ! On pourrait pas prévoir ça le surlendemain ? J'aimerais bien fêter ça avec Deek... en tête à tête. »

Je lui fais un clin d'œil. Elle rougit et cligne de l'œil à son tour.

« Va pour après-demain. »

Je la salue par écran interposé, j'appuie sur un bouton et mets un terme à la communication. L'écran devient noir, je laisse retomber ma main, mon sourire s'évanouit.

Je pousse un soupir de soulagement et pivote sur ma chaise. « Vous croyez que ça va marcher ? »

Dax et Sarah entrent dans la pièce, escortés par un garde.

« Il va venir récupérer le collier, très bientôt, avant le retour de Deek, » affirme Dax. Il n'est pas directement lié à l'affaire mais je vois bien qu'il est prodigieusement énervé. « Lorsque Deek sera rentré, il ne vous lâchera pas d'une semelle, Engel sait qu'il n'aura plus aucune chance de le récupérer.

– Maintenant allez-vous coucher et attendez, » annonce Dax, l'air maussade. Il a combattu la Ruche des années et est très ennuyé que la menace provienne d'Atlan. Par des Atlans qui plus est.

« Je vais servir d'appât, » ajoutais-je.

Deek

À mon réveil, un médecin militaire agite une baguette ReGen devant moi. Bon sang, j'arrête pas de dormir. Pourquoi est-ce qu'on me réveille pour des conneries ? D'abord Tiffani qui essaie de me séduire—avec le recul, je m'en fous complètement—et puis Seranda, et maintenant, ça.

« Putain foutez moi la paix, grommelais-je.

– Je suis désolé, Commandant. Je dois vous examiner.

– Avant mon exécution ? demandais-je en écartant la baguette.

– A cause du Rush. »

Ma main se fige. « Du Rush ? »

Putain, pourquoi il doit me tester pour voir si je suis positif au Rush ? Je reste allongé et laisse l'Atlan faire son travail.

« J'en étais sûr, votre sang contient assez de Rush pour vous métamorphoser en Zoran.

– Le prédateur à trois jambes du Secteur 3 ? »

Il hoche la tête tout en continuant d'agiter sa baguette. « Les chiffres indiquent une quantité sept fois supérieure à ce qu'un drogué s'injecte dans les veines. Donnez-moi trente secondes pour neutraliser tout ça. »

La baguette passe de l'orange au bleu. J'ai été blessé à

de nombreuses reprises, je reste allongé et laisse la baguette agir.

Le médecin pose la baguette et s'écarte. Je me lève, secoue la tête pour voir ce que je ressens. « Putain de merde, Doc. Qu'est-ce qui m'est arrivé ?.

– Vous avez été drogué. »

Je le regarde d'un air impérieux qui donne envie de chier dans leur froc aux nouvelles recrues. Le médecin ne cille même pas. « D'après nos sources, il semblerait qu'on vous ait drogué avec du Rush pour faire croire que la fièvre d'accouplement occultait vos facultés. »

J'inspire profondément par deux fois, soulagé de ne... rien ressentir. Pour la première fois depuis longtemps, je me sens normal. « Vous insinuez qu'on a voulu faire croire que ma fièvre d'accouplement m'ôtait mon self-control.

– Oui, et vous faire exécuter.

– Un meurtre prémédité. Par qui ? »

Le médecin lève les mains. « Je suis membre du corps médical, pas garde. On m'a demandé de vous tester pour le Rush. Vous pouvez remercier votre partenaire. C'est une femme avisée.

– Comment ça ? Ma partenaire vous a demandé de vérifier si j'étais positif au Rush ? C'est une Terrienne. Comment est-ce qu'elle connait ça ? » Le Rush est une substance illégale depuis plus de vingt ans. On ne l'utilise que très rarement, plus personne ne s'amuse à effectuer de recherches là-dessus. Utiliser une drogue sur un individu Atlan est minable, c'est tellement déshonorant que la majorité des guerriers n'y songent même pas. « Qui me l'a administrée ?

– Je ne sais pas, Commandant. Vous devriez poser la question à votre partenaire ou au seigneur de guerre Dax. Vous n'êtes plus sous substance et n'avez donc plus besoin de moi. »

Effectivement, il est là pour soigner les gens. Pas pour les arrêter.

« Allez au bout du couloir, le chef de la garde vous y attend. J'ai appris que la garde personnelle du seigneur de guerre Dax vous escorterait jusqu'à chez vous. »

Le mur antigravitationnel se baisse, je me retrouve dans le couloir. « Doc ? »

Il me suit et s'arrête en même temps que moi.

« Oui ?

– Et si c'était pas le Rush ? Et s'il s'était vraiment agi de la fièvre ? »

L'Atlan pince les lèvres. « Dans ce cas, j'aurais signé l'ordre d'exécution. »

Je hoche la tête et m'éloigne dans le couloir. Celui qui a fait ça va payer. Je dois juste trouver ce qui se passe.

« Garde ! Je suis prêt à traquer mon ennemi. »

Arrivé au bout du couloir, j'aperçois deux guerriers portant les couleurs de la maison de Dax, je me détends un peu, mais reste sur mes gardes. Tandis que j'approche, le plus âgé des deux s'avance et me salue. Il a environ mon âge, est armé, il a l'air d'avoir l'expérience du combat.

« Commandant. Je m'appelle Rygor. » Il indique l'autre homme. « Et voici Westar. Le seigneur de guerre Dax nous envoie afin de vous escorter depuis votre cellule. »

Je jauge les guerriers d'un œil expérimenté. Ils font

ma taille, ils portent leur armure de combat, le regard intense de Rygor bouillonne de rage et d'impatience.

« Ou est Dax ? Ou est ma partenaire ? »

Les gardes se regardent et me dévisagent mais n'arrivent pas à soutenir mon regard. On dirait qu'ils s'attendent à ce que j'explose. C'est ce qui risque de se passer s'ils commencent à me poser leurs putains de questions. Je croise les bras sur ma poitrine et les regarde comme si je faisais subir un examen de passage à de nouvelles recrues.

Rygor se racle la gorge. Au lieu de répondre, il me tend un paquet. Je l'ouvre et découvre une armure et une arme.

« Qu'est-ce qui se passe, Rygor ? Parlez. Tout de suite. » Je ne porte pas grand-chose ; j'avais déchiré le haut de ma blouse à la demande du médecin et mon pantalon et mon slip gisent à mes pieds. Avec ce que me tend Rygor, j'ai l'impression de me jeter à corps perdu dans la bataille. En terrain connu.

« Votre partenaire a également été testée positive. Le seigneur de guerre Dax et Sarah sont avec elle. On a découvert la présence de Rush dans son organisme. »

Je suis en train d'enfiler mon armure mais m'arrête net, je regarde le plus âgé des deux. « Ma partenaire va bien ? Elle est blessée ? » La bête menace de s'échapper tandis que j'attends sa réponse.

« Calmez-vous, Commandant. Elle va bien. » Il s'éclaircit la gorge et regarde brièvement Westar avant de reporter son attention sur moi. « Du moins quand nous sommes partis de chez vous. »

Je place l'armure sur ma poitrine et l'attache. Je me

sens chez moi en tenue de guerrier. C'est imposant mais ça m'est familier. Voire confortable Ça m'aide à me mettre dans l'état d'esprit pour la suite, Si Dax m'a fait porter une armure, ça veut dire qu'une mission m'attend. Je présume que ma partenaire est impliquée, ça va saigner. Mais cette fois, l'ennemi n'est pas la Ruche.

« Ça veut dire quoi ça, *du moins* ? Pourquoi n'est-elle pas sous la protection du Seigneur de guerre Dax ? »

Westar sort enfin de son silence et me tend un petit pistolet à ions. « Elle a refusé, Commandant. »

Je laisse échapper un rugissement, tout mon visage se contracte, mes yeux se modifient tandis que la bête se pointe. Je protégerai Tiffani de tous les dangers, même d'elle-même. Je la retiens mais ma voix a légèrement changé, s'est muée en un grondement sourd.

« Expliquez-vous. Immédiatement. »

Rygor me tend une paire de bottes. « Enfilez ça. On vous expliquera en chemin. Plus on perd de temps, plus vous mettrez de temps à le lui demander. »

Je lui donne raison.

Westar renifle. « Ce doit être terminé. »

J'enfile une botte, puis l'autre. « Qu'est-ce qui doit être terminé ? »

Rygor s'incline légèrement. « Votre partenaire est confrontée à votre ennemi, Commandant. Elle est sous bonne garde, elle a insisté pour le rencontrer seule.

– Ma partenaire affronte mon ennemi seule ? » Ma question résonne contre les murs du couloir.

Je vais lui botter le cul, elle ne pourra pas s'asseoir pendant une semaine. « Avec qui elle est, putain de merde ? Qui m'a drogué ? »

Rygor marche à pas vifs, Westar et moi lui emboîtons le pas. Vu sa démarche régulière, sa façon de tenir tête à ma bête furieuse, je sais qu'il a combattu sur le front, a affronté l'ennemi et a survécu. Un guerrier de la Flotte de la Coalition. Je me demande pourquoi il n'a pas de partenaire, pourquoi il est encore au service du seigneur de guerre Dax alors qu'il pourrait avoir un foyer et une femme pour l'apaiser.

« J'ai bien peur qu'il s'agisse de votre famille, monsieur. »

Je ralentis l'allure, sans m'arrêter. « Je ne vous crois pas. Tia ne m'aurait jamais trahie. »

Westar secoue la tête, ses bottes claquent à une allure régulière tandis qu'on se dépêche d'enfiler les couloirs. « Pas Tia, son père. Engel Steen. »

Rygor regarde d'un air inquiet derrière lui. « Le *Conseiller* Steen. »

Le sang se fige dans mes veines. Sans l'effet de Rush, l'esprit totalement clair, tout devient logique. Je cours d'autant plus vite.

Ma partenaire est là-bas, en train de se coltiner l'une des personnes les plus influentes de ma planète, un homme bénéficiant d'un réseau si vaste que deux caisses archi-combles d'armes illégales ne lui ont pas coûté le moindre châtiment. Pas le moindre rappel à l'ordre.

Engel Steen est intouchable, ma petite femme têtue et courageuse essaie de le faire plonger.

Seule.

14

Engel Steen est un sale con. Un sale con prétentieux, bien-pensant, misogyne et narcissique—la liste est longue. Il serait comme un poisson dans l'eau sur Terre. C'est pas à cause d'hommes tels que lui que j'ai quitté la Terre ?

« Tiffani, ma chère, je suis si heureux de l'apprendre. Je suis sûr que vous devez avoir hâte de retrouver le Commandant. » Il porte le verre ouvragé à ses lèvres et me décoche un sourire radieux, comme si j'étais sa belle-fille favorite, l'étoile la plus brillante, la fille la plus chanceuse et heureuse du monde.

Si je ne connaissais pas la vérité, j'aurais bu ses putains de paroles. Ce mec mérite un Oscar. Je dois m'abstenir d'arborer la moindre expression exprimant ma répulsion.

« Merci, Conseiller.

– Je vous en prie ma chère, nous sommes de la même famille. Appelez-moi cousin, ou Engel. » Il fait mine de me toucher, pose sa grosse main noueuse sur mon poignet pendant que je lui verse du vin. Il porte des gants, j'ai envie de hurler qu'il les enlève pour que je puisse frotter le collier empoisonné dessus. Il ignore que le collier que je porte - il ne le quitte pas des yeux - est une copie. L'original se trouve dans une boîte, dans le coffre-fort du seigneur de guerre Dax. Il porte des traces de Rush. La preuve de son forfait est en lieu sûr.

Il serre doucement mon poignet pour me réconforter. Apparemment, la règle sacro-sainte en vigueur sur Atlan interdisant tout contact ne s'applique pas à lui. Vue la quantité de règles qu'il a d'ores et déjà bafouées, je doute qu'il respecte qui que ce soit ou quoi que ce soit.

Je souris, j'espère qu'il ne connaît pas assez les Terriennes pour y déceler tout le dégoût et la haine que je lui porte. « Je suis très honorée, cousin. » Mon sourire accueillant devient nostalgique, je retire ma main pour aborder ce qui lui tient tant à cœur. « Merci pour ce généreux présent. Du fond du cœur. Je sais que Deek sera reconnaissant de savoir combien vous vous êtes inquiété. Je suis flattée que vous vous soyez arrêté pour voir comment j'aillais mais je vous assure que je vais bien.

– Oui ma chère. Vous faites partie de la famille, je ne pouvais pas vous laisser seule dans cette immense forteresse en attendant son retour. » Il ôte sa main de mon poignet et fait mine de toucher le collier. Espèce d'ordure. « Je peux ? Ça ne vous dérange pas ? J'aime le toucher. Le Commandant va bientôt rentrer, ça me rend toujours sentimental. »

Bingo.

« Bien sûr. » J'ouvre le fermoir et place le collier dans sa paume ouverte.

« Merci, ma chère. » Il se penche sur le collier en or et graphite, l'examine et le caresse, le frotte entre ses doigts.

Tout s'éclaire, il n'a pas besoin de voler le collier pour se débarrasser des preuves ; il a simplement neutralisé la drogue. Une fois enlevée, il n'y aura plus moyen de prouver quoi que ce soit.

Il prend tout son temps, prétexte l'examiner, je souris tout en dégustant mon vin, il marque une pause et fronce les sourcils.

« Ce n'est pas le collier que je vous ai offert, ma chère cousine. Où est-il ?

— Comment ça ? » J'écarquille grand les yeux et me penche pour examiner le collier. « Je l'ai pas enlevé depuis que vous me l'avez offert. Je n'ai même pas changé de vêtements. »

Ma robe de soirée est sale et chiffonnée. Je la brûlerai dès qu'Engel sera derrière les barreaux. J'étais tellement contente de la mettre au début mais elle me rappelle désormais que le monde est vraiment mauvais. Non, l'univers. « Vous le voyez à quoi ?

— Non, c'est pas le même. » Il essaie de sourire mais je vois qu'il est tendu, la méchanceté se lit sur son visage. « Le fermoir est différent. Les initiales sont gravées sur le fermoir du collier de ma grand-mère.

— Oh, non ! » je pose ma main sur ma poitrine, l'air indignée et le regarde en ricanant et en buvant une gorgée de vin. « Vos gants contiennent un cocktail chimique magique ? Vous seriez prêt à tout pour détruire les preuves ? Tout le monde sait désormais que vous avez drogué votre propre cousin avec du Rush, que vous fabriquez la drogue la plus ignoble sur Atlan et la vendez comme une simple friandise. »

Je pose mon verre de vin et sors l'arme que Dax m'a passée—il m'a montré comment ça marche, au cas où—cachée près de mon fauteuil, et le mets en joue. « Pauvre grand méchant Conseiller, démasqué par une petite Terrienne stupide. Quelle *humiliation*. »

Il étrécit ses yeux, regarde mon arme et mes yeux emplis de haine.

« Vous comptez faire quoi avec ça, Tiffani ?

– Je suis une Terrienne stupide c'est ça ? Ce que je vais faire ? Vous tuer. »

J'agite l'arme devant lui histoire qu'il comprenne bien où je veux en venir et je pleure, en partie parce que je suis hors de moi mais aussi parce que ma colère a besoin d'un exutoire. Je *veux* le tuer, ça décuple ma colère. A la maison, j'éprouve de la culpabilité à tuer une araignée. Je coince ces sales bêtes dans une tasse et les mets dehors.

Ce mec me fout la haine, la vraie haine, je veux qu'il la voit dans mes yeux.

« Mais maintenant, *cousin*, je pense que je vais vous tuer pour avoir empoisonné Deek avec du Rush. Il a failli mourir par votre faute. Il me paraît logique que vous subissiez le même sort. »

Je déglutis et lèche mes lèvres. Je me sens tout engourdie.

Engel me sourit, s'assoie confortablement dans son

fauteuil et croise les bras sur sa poitrine. « Mourir ? Aujourd'hui ? Non ma chère, ce n'est pas prévu. »

La pièce se met à tourner et je plisse les yeux. « Quoi... ? » Je n'arrive plus à réfléchir, ma vue devient floue. Je sens que je lâche mon arme. Mon corps devient tout mou, je me cogne au fauteuil dans lequel je suis assise.

J'ai les yeux ouverts mais je vois flou, comme si je regardais sous l'eau sans masque. Tout est trouble et déformé.

Engel se lève, prend mon menton dans sa main et relève ma tête pour le forcer à me regarder.

« Vous l'avez dit vous-même, *stupide Terrienne*. Vous pensiez vraiment être plus maligne que moi ? » Il ôte ses gants et les fourre dans sa poche. « Les gants ne contenaient pas d'antidote contre le Rush, chère cousine. »

Il prend le collier et le place autour de mon cou, un frisson glacial me parcourt au contact de ses doigts. Mais mon horreur ne transparaît pas. Je suis comme un mannequin. Je me sens complètement détachée. Dénuée d'émotions. Je pense être en mesure de parler, je peux cligner des yeux, lui cracher dessus mais je n'ai aucune énergie, j'ai l'impression d'être un poids mort.

« Le collier vous attend ma chère. » Il saisit douloureusement mon menton, je ne peux pas bouger. On dirait que tout mon corps est paralysé du cou jusqu'en bas. « Et maintenant, dites-moi où se trouve le vrai collier.

– Allez vous faire foutre. » Je parle à voix basse et indistinctement mais il a forcément entendu. Il me lève du fauteuil comme si j'étais une plume et place ses mains autour de ma gorge. « Où est le collier ? »

J'ai du mal à respirer, je n'arrive pas à l'en empêcher, je n'arrive pas à repousser sa main. « Vous avez empoisonné Deek. »

Il éclate d'un rire malfaisant.

J'aimerais lui arracher les yeux, mais je peux pas. « Je vous déteste.

– Je n'ai pas besoin de ton amour, Tiffani. » Il me lorgne avec un intérêt très masculin. « Je vais peut-être te sauter avant de te tuer, voir ce que ta chatte a de si magique pour arriver à sauver une bête Atlan d'une overdose de Rush. »

Je n'arrive même pas à remuer la tête. « Non.

– Deek s'en est peut-être tiré mais je peux très bien le renvoyer sur le front, dans une mission contre la Ruche au cours de laquelle il sera capturé et torturé. Un sort pire que la mort n'est-ce pas ? » Il me jette sur le sol comme si j'étais une poupée de chiffon et je ne peux pas me défendre, je peux même pas protéger ma tête et me mettre en boule. « Mais d'abord, tu vas mourir. »

J'entends un rugissement non loin. J'ouvre les yeux, je sens comme des pointes de métal chauffées à blanc, la lumière provoque une explosion de douleur. Je reconnais ce rugissement. Je reconnais cet Atlan. Cette bête. Ils sont à moi.

Deek

. . .

Rygor et Westar m'escortent jusqu'à la porte derrière chez moi, on se faufile comme des voleurs. Ils m'ont tout raconté en détails. Plus j'écoute, plus ma bête s'éveille. Je sais que Tiffani a affronté Engel, a essayé de lui extorquer des aveux. Je sais qu'elle est surveillée par les gardes Atlan et le seigneur de guerre Dax.

C'est insuffisant. Ma bête écume de rage et mes yeux sont d'un noir d'encre tandis que j'essaie de la calmer. Tiffani n'a pas besoin d'une bête ivre de rage. Elle a besoin que je réfléchisse.

Ce qui est tout bonnement impossible lorsque la bête est obnubilée par Engel qui la touche, lui fait du mal.

Je me précipite vers les escaliers menant à une pièce, le seigneur de guerre Dax et trois membres armés de la garde Atlan surveillent ma partenaire et Engel sur les écrans de contrôle. Je sais qu'ils enregistrent leurs moindres paroles, mais je ne les entends pas.

Je vois Tiffani sourire et siroter son vin, comme si tout ceci était le cadet de ses soucis. La voir saine et sauve apaise la bête en proie à une rage toute protectrice et je hoche silencieusement la tête à Dax, l'obligeant à me donner son oreillette. Je veux écouter leur conversation.

La logique voudrait que je lui laisse terminer ce qu'elle a commencé. Si j'interviens maintenant, Engel continuera de nous menacer sans relâche. Tant qu'il est libre et en vie, il représente une menace mortelle. Nous devons l'arrêter. On a besoin de ses aveux, d'un truc qui le fera plonger définitivement. Si jamais ce connard imagine qu'il peut menacer ma partenaire, je l'étripe à mains nues.

J'arbore un air sombre, je m'approche des écrans,

j'entends d'abord Engel. Il tient le collier de mon arrière-grand-mère dans les mains. Tiffani a dû l'enlever et le lui donner.

« *Non, c'est pas le même. Le fermoir est différent. Les initiales sont gravées sur le fermoir du collier de ma grand-mère.*

– Oh, non ! » Tiffani pose sa main sur sa poitrine et s'assoie au fond de son fauteuil. « *Vos gants contiennent un cocktail chimique magique ? Vous seriez prêt à tout pour détruire les preuves ? Tout le monde sait désormais que vous avez drogué votre propre cousin avec du Rush, que vous fabriquez la drogue la plus ignoble sur Atlan et la vendez comme une simple friandise.* »

Elle boit son vin et mon cœur accélère. Putain qu'est-ce qu'elle fabrique, à se moquer d'un tueur de sang-froid pareil ? La pièce dans laquelle ils se trouvent est trop éloignée. Il me faudrait au moins dix secondes en piquant un sprint pour la rejoindre. Il pourrait l'avoir tuée d'ici là.

Elle le pique et lui lance des vannes et bien que je meure d'envie de me précipiter à ses côtés, j'admire son courage. C'est une femme belle et courageuse. Elle fait ça pour moi. Faire avouer ses crimes à Engel est le seul moyen pour moi d'être totalement blanchi, afin que nous puissions vivre en paix pour le restant de nos jours.

« *Pauvre grand méchant Conseiller, démasquée par une petite Terrienne stupide. Quelle humiliation.* »

Tiffani sort son arme et je me tourne vers Dax qui murmure « Ne t'inquiète pas, Deek. Elle sait s'en servir.

– Mais putain où vous avez la tête, vous lui avez

donné une arme ? » Je ne veux pas la voir de près ou de loin avec une arme.

« Vous auriez préféré qu'on la laisse avec lui sans armes ? » Dax hausse les épaules. « Elle n'était pas censée dégainer. C'était seulement en dernier ressort.

– Putain. »

Engel parle et je regarde attentivement l'écran. « *Vous comptez faire quoi avec ça, Tiffani ?*

– Je suis une Terrienne stupide c'est ça ? Ce que je vais faire ? Vous tuer. »

Les larmes coulent sur le beau visage de Tiffani. Elle souffre. À cause de moi.

Elle l'a menacé de mort.

Mon cœur se fige, un souffle glacé coule dans mes veines. Je n'en ai rien à foutre qu'elle le tue, il mérite de mourir. Mais elle vient de menacer un seigneur de guerre, un valeureux guerrier qui a survécu plus de dix ans, en guerre contre la Ruche.

Si elle doit le tuer, il vaut mieux qu'elle arrête de parler et le fasse tout de suite.

Je me rue vers la porte mais Dax et l'un des gardes m'arrêtent. « Pas encore, Deek. Il est sur le point d'avouer. Laisse-lui ce plaisir.

– Il va la tuer putain. » Ma bête gronde et je grandis, mes dents poussent, ça fait mal, mes gencives se rétractent et dévoilent des crocs acérés.

La voix suffisante d'Engel me ramène aux écrans. J'ai failli sortir de la pièce avec les oreillettes. « *Ce n'est pas prévu.*

– Quoi... ? » Tiffani est perplexe. Faible. Elle devient

toute molle, son corps lui échappe, un grondement sourd emplit la pièce.

« *Stupide Terrienne. Vous pensiez vraiment être plus maligne que moi ?* » Il ôte ses gants et les fourre dans sa poche. « *Les gants ne contenaient pas d'antidote contre le Rush, chère cousine.* »

Du poison. Il a empoisonné ma partenaire. Devant moi. Devant Dax. Devant les gardes.

« Putain, » grondais-je.

Dax siffle et le garde ne relâche pas sa poigne. « Ne bouge pas, Deek. On doit savoir ce qu'il lui a administré. »

Engel lui remet le collier autour du cou, je suis obligé de me tourner, incapable de le voir la toucher. « *Le collier vous attend ma chère. Et maintenant, dites-moi où se trouve le vrai collier.*

– *Allez vous faire foutre* »

15

eek

Ma belle partenaire têtue. Je suis fier de son courage, de son sang-froid, je me fais violence pour la laisser mener à bien sa mission, pour m'assurer qu'Engel n'ait pas le choix, n'ait aucun moyen de s'enfuir. Je rends honneur à son courage, son désir de m'aider, je ne cautionne pas pour autant. La rage s'empare de moi. La force de Dax et de deux gardes est nécessaire pour me retenir, tandis qu'Engel se fait plus pressant.

« *Où est le collier ?*

– Vous avez empoisonné Deek. »

Son rire est malfaisant. Sur l'écran, ma partenaire vacille, ses grosses mains l'étranglent.

La bête est libre.

Je déboule dans le couloir et dans la pièce où se

trouvent Engel et ma partenaire. Le rugissement de ma bête ébranle les murs. C'est pire avec du Rush dans le sang. J'étais enragé quand la Ruche a blessé mes guerriers. En furie quand Seranda m'a appris que Tiffani m'avait quitté. Mais voir Tiffani au sol, sous l'emprise d'une saloperie de drogue, faible, sans défense, est le facteur déclenchant. En tant qu'Atlan, je n'ai aucun contrôle sur ma bête et c'est tant mieux. Je vais écarteler Engel. Je vais le détruire.

Rien ne se mettra en travers de mon chemin. Ni Dax, ni les gardes. Rien ni personne.

J'aperçois Dax et les autres près de l'embrasure de la porte, ils attendent. Ils auraient bien voulu entrer, pas maintenant. Il est temps que j'en finisse une bonne fois pour toutes.

La bête et moi face au danger qui menace ma partenaire.

Il va mourir.

« Apparemment la fièvre n'a pas baissé, Commandant, » Engel me nargue. Il reste calme, ma bête ne le gêne visiblement pas.

« Vous allez mourir. » Trois petits mots, un effort gigantesque. Ma bête veut se battre.

Engel me contemple, ses yeux s'assombrissent face à la menace. « Perdre sa partenaire est pire que la mort n'est-ce pas ? Maintenant que votre Tiffani adorée est morte, vous vous rendez compte que *vous* auriez dû faire d'autres choix. »

J'avance d'un pas raide, mon armure me serre, mon cœur bat à tout rompre. La bête ne charge pas. Il se tient trop près de notre partenaire. Je sais exactement de quoi il parle. Ses drogues, ses armes, la livraison que j'ai fait capoter. « Xerima. »

Engel se poste entre Tiffani et moi, toujours étendue au sol. Ma bête entend son cœur battre faiblement. Je ne vais pas avoir le choix, je vais devoir charger et espérer régler son compte à Engel avant qu'il ne la tue.

« Où est l'intérêt d'avoir des membres de sa famille haut placés s'ils ne veulent pas rendre service ? C'est simple, Commandant. Une simple signature aurait suffi, nous n'en serions pas là. »

Il avoue son crime. Il sait peut-être qu'il va mourir. Il sait peut-être que tout le monde est au courant de ses crimes. Il a drogué ma partenaire. Il sera banni à vie, rien que pour ça. Pour le reste, il est passible de mort. Exécution.

« L'avidité. Aucun honneur. » Ma bête est en furie, je me rapproche.

Les yeux d'Engel sont totalement noirs, son visage s'allonge tandis qu'il amorce sa métamorphose. « J'ai de l'argent, espèce d'idiot. L'argent et le pouvoir. »

C'est la vérité. C'est l'un des dirigeants les plus puissants de la planète. Honoré. Vénéré. Plus riche que n'importe quel autre seigneur de guerre décoré et revenu du champ de bataille. Pourquoi s'amuserait-il à dealer du Rush et faire du trafic d'armes ? Ce n'est pas logique. « Pourquoi vous faites ça ? » Quatre mots. Une phrase complète. Avant Tiffani, ça aurait été impossible.

« J'en avais marre, Deek. Vraiment marre. J'ai passé dix ans à démembrer des soldats de la Ruche. De retour chez moi, j'ai enfilé mes pantoufles, je dégustais des vins fins. »

Engel lève ses bras et indique les somptueuses tapisseries, les œuvres d'art et les meubles élégants du salon. « Tout ça n'est rien, Deek. Vous comprendrez en temps utile. J'ai eu la chance d'influer sur le dénouement de la guerre sur Xerima, d'influencer le développement de toute une civilisation.

– Vous vous prenez pour Dieu.

– Nous sommes des dieux, espèce d'idiot. Mais certains sont trop lâches, trop peureux pour régner. »

Je secoue doucement la tête, les mains de ma bête se muent en poings. Il est fou. Je décèle une folie dans son regard.

Je me jette sur lui. Il s'y attendait, il me permet de franchir son espace vital pour l'attraper. L'agression nourrit sa propre bête, son animal enrage, Engel mute à son tour. Il fait ma taille, c'est bizarre avec ses cheveux gris. Rares sont les hommes de son âge et de sa stature qui se transforment, c'est étrange. Son corps est tout en muscles, ses épaules et sa poitrine sont identiques au miennes. Il est immense, puissant, il sait se battre.

Je ne me bats pas pour satisfaire mon ego. Je me bats pour Tiffani.

On se bat, chacun teste la force de son adversaire. Personne n'a le dessus. J'entends les gardes arriver mais je les ignore. Vue la situation, leurs armes ne vont faire que m'énerver et ça n'arrêtera pas Engel pour autant. Les seigneurs de guerre qui combattent sur le front apprennent à gérer la douleur.

« Non, ne vous en mêlez pas. » J'entends Dax mais je me concentre sur Engel. Il me repousse, on se tourne autour, il essuie le sang qui coule de sa bouche d'un revers de la main. Sa bête respire de façon saccadée, la sueur perle sur son front.

« Ne vous immiscez jamais dans une bagarre de guerriers en mode bête. Vous avez besoin que je vous fasse réviser les bases ou quoi ? Apportez-moi une baguette ReGen. Le Commandant n'en a pas besoin mais sa partenaire oui. »

Engel se jette sur moi et j'esquive son attaque, je lui décoche un coup dans les reins, m'accroche à sa tête et force ce bâtard à la relever. Je lui tords le cou et laboure son visage avec mes griffes.

Il se tourne malheureusement au moment où je vais lui briser la nuque, il est effrayant, les ongles de ma bête ont profondément entaillé son visage. Le sang s'écoule de ses blessures tandis que ses hurlements ébranlent la pièce.

Haletant, je me penche en avant, prêt à en découdre. Je vois les marques que j'ai fait sur son visage, il marche droit vers la mort avec cette honte sur lui, ma bête rugit en signe de victoire. Mais ce n'est pas terminé.

Il fonce droit sur moi, son rugissement est une explosion de rage. J'en profite. Je saute sur le côté, le jette au sol et enfonce mes griffes dans sa nuque.

Sans même réfléchir, je me fraye un passage entre sa chair et les os, je m'empare de sa colonne vertébrale et la tords jusqu'à ce que les os craquent, un, puis deux, jusqu'à ce qu'Engel hurle, à l'agonie.

Je le maintiens cloué au sol, ma main posée sur sa colonne vertébrale tandis que ses bras sont parcourus de soubresauts. Ses jambes s'arrêtent de bouger, ma bête grogne, satisfaite. On l'a tué, on l'a ruiné, on a détruit notre ennemi. Engel ne se lèvera plus jamais, ne marchera plus jamais, ne combattra plus jamais.

Mais je n'arrive pas à le lâcher. Il essaie de se lever en prenant appui sur ses bras, j'enfonce mon poing encore plus profondément dans son corps, je lui arrache ses os, je perfore ses organes. Ses poumons sont pleins de sang. Ses bras retombent à terre, son corps se ramollit. Il cligne lentement des yeux tout en vomissant du sang.

La bête en a terminé avec lui. C'est fini. J'ai gagné. Mais je ne le lâcherai pas, pas tant qu'il n'aura pas rendu son dernier souffle.

« Deek. Deek ! » Je sens sa main sur mon épaule, j'entends sa voix mais je n'arrive pas à sortir de ce tourbillon de haine. De rage. De fureur. Ce n'est pas la bête qui fait la sourde oreille, c'est le guerrier Atlan. Je veux voir Engel mort. La bête écoute sa partenaire.

« Deek, arrête. C'est fini. » Elle serre mon épaule, je lève les yeux vers Engel, paralysé, et regarde Tiffani.

Sentir la main de ma partenaire sur mon épaule, l'entendre, me calme et m'apaise infiniment.

« C'est fini. Laisse-le entre les mains des gardes.

– Mais il t'a fait du mal, » répliquais-je. Je ne peux pas laisser passer cette chance. Je dois anéantir le guerrier qui lui a fait du mal.

« Oui. A toi aussi. » Elle avale péniblement, c'est tout nouveau pour elle. « Mais c'est terminé.

– Il doit mourir, » j'en fais le serment.

Elle hoche la tête, caresse ma joue en sueur, effleure ma pommette. Ma bête fait la belle. « Il va mourir, mais pas de ta main. Laisse Dax le soigner.

– Non ! » La bête et moi sommes totalement d'accord

sur ce point mais Dax entre, sa putain de baguette ReGen bleuit, prête à soigner ce salopard.

« Laisse-le affronter le Conseil, Deek, dit Dax. Je ne peux pas guérir sa colonne mais je peux le soigner un minimum, histoire qu'il soit transportable jusqu'en prison. Je te promets qu'il sera exécuté lorsque le Conseil apprendra ce qu'il a fait. »

Tiffany écarquille les yeux, l'air implorant. « Laisse-les. Laisse les gardes s'occuper de lui. Je n'ai pas envie que tu te salisses les mains. Je t'en prie. »

Ma petite partenaire essaie de me protéger afin que je ne me sente pas coupable. Elle ne peut pas comprendre que je n'ai aucun remord, aucun regret. Si Engel mourait ici et maintenant, je n'éprouverais aucune culpabilité. Mais son cœur est tendre, son inquiétude légitime, je veux l'apaiser. Tuer l'homme qui lui a fait mal ne me fait pas souffrir, elle oui, elle s'inquiète pour moi.

Je suis plus détaché qu'elle l'imagine. Je suis un tueur. Un guerrier. Mon cœur bat pour elle. J'ai mal pour elle.

J'ai la main engourdie lorsque je décrispe mes doigts et lâche Engel. Je le fais pour elle.

Dax se tient derrière Tiffani, les bras croisés, son arme à la main, il attend que la baguette ReGen fasse son ouvrage. Une fois terminé, il adresse un signe de tête aux gardes qui ramassent Engel, le portent et le traînent, les cris de douleur du criminel s'éloignent.

« Merci. » Tiffani tombe à genoux devant moi. Je sens la chaleur de sa peau, son odeur nous environne, j'inspire profondément. « Je voulais le tuer moi aussi. Je te jure. J'aurais dû le tuer. J'aurais dû te protéger. »

Je la regarde les yeux ronds. Tiffani n'est que douceur

et lumière. Amour et rire. Je ne la vois pas en être malveillant. « Mon dieu non. Je te l'interdis. Ne te salis pas les mains. Ça noircirait ton âme.

– Tu as raison. » Elle pose sa main sur ma poitrine, mon cœur ralentit immédiatement. Sa caresse nous apaise, la bête et moi.

« Je ne veux pas que tu aies de sang sur les mains. Parce que *je suis* censé veiller sur toi. Moi. Ton partenaire. »

J'inspire à fond.

« Je veux plus jamais le revoir. Vous me promettez qu'il va mourir ? » Je relève la tête et dévisage Dax.

« Promis. Je vous préviendrai le moment venu. Occupe-toi de ta partenaire. La baguette ReGen a extrait les agents paralysants. Elle va bien. »

Je suis reconnaissant envers mon ami pour sa clairvoyance, pour avoir veillé sur ma partenaire pendant que je m'occupais d'Engel. Il est temps d'inverser les rôles. Dax va s'occuper d'Engel—il peut s'acharner sur lui tant qu'il veut, ce n'est plus mon problème— moi, je vais m'occuper de Tiffani.

« Assez bien pour recevoir une bonne fessée ? » demandais-je.

Tiffani écarquille les yeux et Dax rigole. « Je suppose que oui.

– Deek, je pense pas que—

– C'est bien, ne pense pas. »

Je me sens mieux, le monde reprend ses droits, tout reprend sa place. Tiffani en est le centre.

« Mettre ta vie en péril de la sorte ? Te traiter de stupide ? Tu mérites une bonne fessée, Tiffani. »

Elle bredouille et je la prends dans mes bras. Elle est parfaite. Pour moi. Je ne la laisserai plus jamais.

Je l'amène dans la chambre, je pose les bracelets qu'elle a ôté sur le lit et entre dans la salle de bain. J'entends Dax en bas, tout le monde s'en va de chez moi. De chez Tiffani. De chez *nous*. Plus jamais personne n'osera la menacer.

Elle garde le silence jusqu'à ce que la porte de la demeure claque. C'est sans aucun doute un coup de Dax. Je plaque Tiffany contre le mur de la douche et ouvre le robinet d'eau chaude.

Elle mordille sa lèvre charnue, ses yeux se remplissent de larmes tandis qu'elle me regarde. « T'as pas le droit de me punir ! C'était pour te sauver. »

Je ne réponds pas immédiatement, je déchire sa robe trempée qui tombe par terre, son corps doux émerge. Je la lave soigneusement, j'enlève la moindre trace de cette journée, le moindre résidu de drogue ou d'Engel qui persisterait sur son corps.

Mes grosses mains sont rapides, efficaces, je n'ai pas envie de la sauter sous la douche, parmi le sang d'Engel qui tourbillonne dans l'eau à nos pieds. Je la veux propre et prête dans *mon* lit, à moi. Rien qu'à moi.

J'ai terminé, j'ignore sa poitrine qui se soulève, ses yeux qui s'assombrissent, je me défais de mon armure et la laisse tomber à ses pieds. Je frotte mon corps pour ôter toute trace de Seranda, du sang d'Engel, toute ma haine se dilue dans la bonne odeur de savon.

J'inspire profondément, je me régale de l'odeur de la peau mouillée de ma partenaire, de sa chaleur, de sa vulve humide.

Oh, oui, elle est toute chaude et humide, elle n'attend que moi. Son regard se pose sur mon torse, mes épaules, mes hanches. Elle contemple ma verge, elle rougit, son souffle devient plus court.

« Je suis à toi, Tiffani. Tout à toi. »

Enfin propre, je ferme le robinet, elle me regarde l'air dubitatif. Je compte bien ne plus jamais croiser ce regard. Elle est à moi. Après aujourd'hui, elle ne pourra plus en douter.

Je l'enveloppe dans une serviette, je ne prends pas la peine de me sécher et l'amène dans la chambre. « Je vais te donner une fessée, partenaire. Mais pas en guise de punition, Dieu sait que tu la mérites pourtant.

– Pourquoi une fessée ? » demande-t-elle, tandis que je la jette sur le lit. Elle rebondit, je l'attrape par les chevilles et la mets à plat ventre.

Je ne perds pas de temps, j'écarte la serviette, révélant ainsi ses fesses nues. Les courbes voluptueuses et laiteuses de ses fesses tirent un grognement à la bête, ma bite est en érection.

Elle me regarde par derrière son épaule, les yeux mi-clos. Elle ne bouge pas. Elle reste là où je l'ai déposée, ça se présente bien. Elle aime bien mon côté dominateur, le fait que je commande. Elle en a autant besoin que moi.

Je grimpe sur le lit à côté d'elle. Je pose une main sur son dos, l'autre sur son cul parfait, je la caresse, je câline, je la prépare. Je contemple ses fesses splendides, m'attarde sur son visage. « Tu as envie que je te baise, Tiffani ? »

Elle se mord la lèvre et fait 'oui'.

« Tu es à moi, Tiffani, tu es ma partenaire ?

– Oui.

– Vraiment ? Tu en es certaine ? »

Elle fait la moue. « Oui, je suis à toi et tu es à moi. »

Je prends les bracelets sur la couverture et les agite devant elle. Mon regard s'assombrit, la bête déteste ses poignets nus.

« Alors, pourquoi tu les as enlevés ? »

16

eek

Elle déglutit. « J'étais obligée.

– Tu m'as jeté en pâture à Seranda. »

Elle secoue la tête et s'agenouille, on se retrouve face à face. « Non, bien sûr que non. Tu crois vraiment que j'avais *envie* que tu te la tapes ? » Ses yeux s'embuent de larmes mais elle ne pleure pas. « Hein ?

– Ça fait trois, Tiffani.

– Trois quoi ?

– Je compte les raisons pour lesquelles tu mérites une fessée.

– Tu l'as sautée ? » demande-t-elle d'une voix mal assurée, si différente de la femme téméraire que j'ai appris à aimer.

Je tends mes poignets et lui montre mes bracelets. « Je

suis à toi et à personne d'autre. Mais toi ? Tu dis que t'es à moi mais tu ne portes pas mes bracelets. »

Aucune loi Atlan ne stipule qu'on doive les porter en couple, mais je veux voir un signe, une preuve flagrante que Tiffani m'appartient. Les Atlans n'ont pas tous besoin d'éprouver un lien pareil mais Dax et Sarah ont conservé leurs bracelets, ils sont inséparables. Apparemment, je ne suis pas aussi indépendant que je voulais bien le croire. Je la veux avec moi, à mes côtés, pour toujours. Je ne pensais pas accorder tant d'importance à ces foutus trucs, je suis apparemment un Atlan exigeant, je la colle comme un toutou. J'ai besoin qu'elle porte mon or à son poignet, non pas pour l'exhiber au monde entier telle un trophée, mais pour rassurer la bête, qu'elle sache qu'on lui appartient bel et bien.

Elle me les prend des mains pour les remettre mais je les lui enlève. J'embrasse un poignet, puis l'autre, je lui passe les bracelets le plus doucement possible. Je veux qu'elle sache que je la vénère, je lui suis totalement dévoué. « Ne les enlève plus jamais, Tiffani. Je t'en supplie. Je n'y survivrai pas.

– Pardonne-moi, Deek. Je ne voulais pas. Mais je ne pouvais pas te laisser mourir. Je devais te laisser partir. Je devais laisser à Seranda une chance de te sauver. » Les larmes coulent sur ses joues et, avec elles, tout un flot d'émotions. Colère. Jalousie. Peine. « A tout prix. »

Je caresse ses joues—mon dieu, elle est douce comme de la soie—et la gratifie d'un petit sourire. « Oui, maintenant je sais. Mais tu sais, femme, je me fiche de me réveiller auprès d'une autre femme nue. Tu comprends ? Plutôt mourir que te perdre.

– Je ne pouvais pas te laisser mourir. »

Je l'interromps en lui collant un baiser et poursuis, « Je ne veux plus jamais que tu affrontes seule un seigneur de guerre Atlan, des criminels, la moindre menace.

– Je n'étais pas seule. »

L'homme et la bête poussent un grognement.

Elle baisse les yeux.

« Oui Deek.

– Maintenant, à genoux pour la fessée et après je vais te défoncer la chatte. »

Le désir brille dans ses yeux mais elle n'esquisse aucun mouvement. « J'ai pas besoin de fessée. »

Toujours à genoux, je l'attire contre moi, sa tête et le haut de son corps reposent sur le matelas, j'ai glissé la serviette sous sa taille, son cul nu se retrouve en travers de mes cuisses. Je jette la serviette par terre. D'un geste tendre, je mets ses longs cheveux sur le côté afin de jouir d'une vue dégagée sur ses formes voluptueuses, son profil, le désir qui brille dans ses yeux.

Tout en caressant sa peau souple, « *J'ai* besoin de te fesser, de savoir que tu m'appartiens, de savoir que tu vas bien. *Tu* mérites une fessée pour te sentir apaisée. Tu es trop forte, trop courageuse. Tu n'extériorises pas tes sentiments, Tiffani. Tu n'as plus à te cacher de moi, ni tes craintes, ni ton soulagement, ni tes désirs. Il est temps de laisser libre cours à tes émotions. »

Je ne perds pas de temps. Ma main s'abat sans relâche sur ses fesses parfaites qui tremblent sans arrêt, elle sursaute, elle frémit, elle crie.

Pan !

Pan !

Pan !

Je continue jusqu'à ce que ses larmes se muent en un torrent de sanglots, qu'elle arrête de lutter contre ses émotions et me laisse la voir telle qu'elle est.

« Ne te cache pas de moi, Tiffani. Je veux tout connaître de toi. »

Elle secoue la tête, elle refuse, je continue de la fesser jusqu'à ce que ses fesses virent au rouge vif.

Elle pleure à plusieurs reprises mais ne bouge pas pour autant. Les larmes ruisselant de ses paupières fermées baignent son visage. Je la frappe deux fois, glisse une de ses cuisses autour de ma taille, sa chatte est grande ouverte.

Je n'attends pas, son odeur humide est plus qu'une invitation. Je bouge lentement, j'enfonce profondément deux doigts, j'effectue des va-et-vient rapides jusqu'à ce qu'elle gémisse, les yeux mi-clos.

« Tu m'as fait une de ces peurs. Je n'ai jamais eu autant peur de toute ma vie. Les gardes m'ont tout raconté au sujet d'Engel, ce que tu as fait, tu as failli mourir. Je te jure que j'ai frôlé la crise cardiaque. »

Je continue de la branler avec mes doigts, je lui dis combien j'étais désespéré et hors de moi. J'ai perdu mon sang-froid. Je lui ai dit combien je l'aime, je ne peux pas vivre sans elle. J'ai eu le cœur brisé quand j'ai vu les bracelets par terre dans ma cellule, ma bête a hurlé de douleur.

Elle se rend évidemment compte de ses actes, tout ça c'est simplement pour me rassurer moi, on dirait un gosse de dix ans.

« J'allais pas te laisser mourir. Je t'aime. Je préfère vivre sans toi que te savoir mort. »

Ma main s'immobilise, je caresse sa peau échauffée.

« Je ne veux pas d'excuses, Tiffani. J'aime ton courage, ta façon de protéger ton partenaire de façon si acharnée. Je veux que tu comprennes pourquoi tu te retrouves sur mes genoux, pourquoi je t'administre une fessée retentissante. »

Je prends une profonde inspiration.

« Parce que j'ai pris des risques ? » Elle pleure de nouveau à chaudes larmes.

« Non mon amour. Parce que tu te caches, je ne partage pas tes pensées, tes désirs. » Je bouge mes doigts. Dedans. Dehors. Doucement, extrêmement doucement. Mes doigts profondément enfoncés dans sa chatte, je titille son clitoris avec un troisième. « Qu'est-ce que tu veux ?

– Toi. »

La bête en en assez de ma gentillesse, de mes petits jeux. Je l'allonge sur le dos et attache les bracelets à un crochet spécial planté dans le mur au-dessus de la tête de lit. Elle est allongée, un vrai festin, je m'agenouille entre ses jambes et écarte ses genoux, je contemple avidement ce qui m'appartient.

Je me penche et entrave ses chevilles. Elle ne se débat pas, ne proteste pas tandis que je maintiens ses jambes grandes ouvertes, pour mon plus grand plaisir.

Je rampe sur son corps, ma verge raidie s'enfonce vigoureusement dans son sexe. Elle pousse un cri et ondule des hanches afin de m'accueillir plus profondément.

« Tu veux que je te baise, partenaire ?
– Oui. » Elle se tortille. « Encore. »

TIFFANI

JE NE PEUX PLUS BOUGER. Mes bras sont entravés au-dessus de ma tête, mes chevilles bloquées dans d'épaisses courroies métalliques. Deek s'agenouille entre mes jambes, les écarte, il salive, il est affamé.

Mes fesses me brûlent, la chaleur m'envahit telle une drogue, ça picote. J'ai pleuré des torrents de larmes, toute la crainte, le désespoir, la peur de le perdre se sont déversés pendant qu'il me fessait. Je suis vidée, super excitée, toute à lui.

Son regard s'assombrit lorsqu'il me reluque, il s'attarde sur mes seins et mon ventre, sur mon vagin trempé. J'ai envie de le sentir en moi, qu'il me défonce. J'ai besoin d'oublier cette maudite journée. Je ne veux plus penser à rien. Je veux juste ressentir.

Mon vagin se contracte tandis qu'il rampe sur moi tel un prédateur prêt à frapper. Sa bite est une surprise de taille, il me pénètre profondément d'un coup d'un seul, il me bloque sous sa poitrine.

Mon dieu, il est si grand, si dominateur, si parfait. Je ne peux retenir un cri ni nier l'évidence lorsqu'il me demande si j'ai envie qu'il me baise.

Mon dieu oui ! Violemment et ardemment, si profondément que je ne le lâcherai plus jamais.

« Oui. » J'essaie de bouger mes hanches, de le forcer à

bouger mais il reste immobile sur moi. Son membre épais m'écartèle, me dilate, me pénètre, mais ne me procure pas ce que je désire. « A fond. »

Ses yeux verts s'assombrissent lorsque la bête comprend ma demande, je la regarde, je défie le monstre qui ose me posséder, me baiser.

Il pousse un rugissement et passe à l'action, il se transforme tout en effectuant de violents mouvements de va-et-vient. Le lit est parcouru de secousses, j'ai envie d'enrouler mes jambes autour de ses hanches, d'enfoncer mes mains dans ses cheveux, de le forcer à m'embrasser, de caresser mes seins, de sucer mes tétons.

Attachée au lit, ligotée, je ne peux rien faire hormis me soumettre. Je m'abandonne. J'arrête de lutter, j'arrête de croire les conneries que me dicte mon cerveau, toutes ces années passées à être rejetée à cause de ma taille, j'envoie valdinguer tout ça et profite du moment.

Il me baise comme s'il n'en avait jamais assez, comme si j'étais la seule femme qui puisse le dompter.

Je suis à lui. Il est à moi.

A moi.

Il se tourne, soulève mes fesses, passe son bras sous mes hanches et m'empale sur sa bite. Il me chevauche violemment, je me cambre, mon corps lui est acquis, je ne maîtrise plus rien. Son autre main s'attarde sur mes seins, il tire et pince mes tétons tandis que mon vagin se contracte douloureusement sur son sexe.

Je secoue la tête dans tous les sens, je le supplie de me faire jouir, sa main se déplace vers mon clitoris qu'il branle vigoureusement par à-coups rapides et appuyés. Ses doigts s'introduisent en moi, glissent dans les replis de ma vulve glissante de mes propres fluides, plus vite, encore mieux que mon vibromasseur branché à la puissance maximale.

Il me baise comme une machine. Sans répit. Il ne prend pas le temps de réfléchir. De respirer.

Je pousse un hurlement de jouissance sur sa bite. Mais il ne s'arrête pas pour autant, il continue, une fois le premier orgasme passé.

Mon partenaire me sourit, mi-homme mi-bête tandis qu'il se retire. Je me sens vidée, les parois de mon vagin se contractent sur le néant.

« Non. Deek ! Non ! » Je suis trop excitée, je n'arrive plus à me retenir. « J'ai envie de toi. Prends-moi. Encore. Encore.

– T'inquiète pas, partenaire, je n'ai pas fini. » Il arbore le sourire d'un homme comblé tandis qu'il plaque sa bouche sur mon clitoris, son cunnilingus me fait voir les étoiles. Je suis au septième ciel, mon vagin vide me fait mal tandis que sa langue et sa bouche ne cessent de m'exciter, me poussent au paroxysme, sans toutefois me laisser jouir.

« Deek, je t'en prie. Je t'en supplie. » Je n'en peux plus. J'ai besoin de le sentir en moi. Me pénétrer. Me compléter. Qu'on ne soit plus jamais séparés. Que je me sente entière.

« Partenaire. » Il embrasse mon corps en sueur, s'attarde sur mes seins, suce mes tétons jusqu'à ce que je le supplie d'arrêter, baise mes lèvres, me pénètre avec sa bite.

Il prend appui sur ses avant-bras et m'embrasse sur la bouche. Je gémis de plaisir, des larmes de désir coulent de mes yeux fermés, je me livre à lui totalement. Sans aucune retenue. J'ai tout donné.

Je pousse un soupir lorsqu'il me pénètre à nouveau, sa bite fait d'agréables mouvements de va-et-vient aux antipodes de la sauvagerie dont il a fait preuve, il a changé.

Il m'a déjà baisée. Il m'a sautée des dizaines de fois depuis mon arrivée.

Mais aujourd'hui ? C'est plus profond. J'ai l'impression qu'il chérit mon corps, qu'il m'aime au-delà des mots.

Il m'embrasse, son sexe est toujours profondément enfoncé en moi, nous sommes liés. Il ne se précipite pas, n'exige rien, il me fait comprendre qu'il m'aime, que je suis en sécurité dans ses bras, à l'abri sous son corps, qu'il en sera toujours ainsi.

J'interromps notre baiser et contemple ses yeux d'un vert merveilleux.

« Je t'aime, Deek.

– Moi aussi je t'aime, partenaire. N'en doute jamais. »

Je hoche la tête et plaque mes hanches contre lui, je l'embrasse avec une tendre adoration, semblable à celle qu'il vient de me témoigner. Il pousse un grognement en guise de réponse, sa queue grossie d'une façon incroyable, il éjacule en moi, m'inonde de sperme, de vie, d'une promesse d'éternité.

Lisez L'Enfant Secret de son Partenaire ensuite!

Natalie Montgomery rêve d'une nouvelle vie. Elle s'ennuie malgré sa fortune. Ses parents n'ont jamais été présents pour elle, bien trop riches et trop importants pour s'embarrasser d'une enfant. Ils lui imposent un fiancé insipide, la coupe est pleine. Elle se porte volontaire pour intégrer le Programme des Epouses Interstellaires et est extrêmement emballée à l'idée de débarquer sur une planète déserte nommée Trion. Elle est prête à succomber dans les bras d'un séduisant guerrier.

Roark, originaire de Trion, n'a que faire d'une compagne. Son peuple est en guerre, le danger et la menace dictent sa conduite. Il n'aura fallu qu'un seul regard sur sa nouvelle épouse pour le faire changer d'avis. Natalie est la femme idéale … si douce, si passionnée, totalement soumise à ses moindres désirs.

Une attaque menée contre l'Avant-poste met la vie de Roark en péril. Natalie doit retourner sur Terre pour être en lieu sûr. Roark la croit morte. Mais son fils nouveau-né et elle sont bien vivants. Les jours passent, la colère et les regrets de Natalie vont crescendo, son mari n'a pas honoré sa promesse, il ne l'a pas ramenée sur Trion. Il s'aperçoit de son erreur … peut-être trop tard.

Lisez L'Enfant Secret de son Partenaire ensuite!

OUVRAGES DE GRACE GOODWIN

Programme des Épouses Interstellaires

Domptée par Ses Partenaires

Son Partenaire Particulier

Possédée par ses partenaires

Accouplée aux guerriers

Prise par ses partenaires

Accouplée à la bête

Accouplée aux Vikens

Apprivoisée par la Bête

L'Enfant Secret de son Partenaire

La Fièvre d'Accouplement

Ses partenaires Viken

Combattre pour leur partenaire

Ses Partenaires de Rogue

Programme des Épouses Interstellaires:
La Colonie

Soumise aux Cyborgs

Accouplée aux Cyborgs

Séduction Cyborg

Sa Bête Cyborg

Fièvre Cyborg

Cyborg Rebelle

ALSO BY GRACE GOODWIN

Interstellar Brides® Program

Assigned a Mate

Mated to the Warriors

Claimed by Her Mates

Taken by Her Mates

Mated to the Beast

Mastered by Her Mates

Tamed by the Beast

Mated to the Vikens

Her Mate's Secret Baby

Mating Fever

Her Viken Mates

Fighting For Their Mate

Her Rogue Mates

Claimed By The Vikens

The Commanders' Mate

Matched and Mated

Hunted

Viken Command

The Rebel and the Rogue

Interstellar Brides® Program: The Colony

Surrender to the Cyborgs

Mated to the Cyborgs

Cyborg Seduction

Her Cyborg Beast

Cyborg Fever

Rogue Cyborg

Cyborg's Secret Baby

Her Cyborg Warriors

Interstellar Brides® Program: The Virgins

The Alien's Mate

His Virgin Mate

Claiming His Virgin

His Virgin Bride

His Virgin Princess

Interstellar Brides® Program: Ascension Saga

Ascension Saga, book 1

Ascension Saga, book 2

Ascension Saga, book 3

Trinity: Ascension Saga - Volume 1

Ascension Saga, book 4

Ascension Saga, book 5

Ascension Saga, book 6

Faith: Ascension Saga - Volume 2

Ascension Saga, book 7

Ascension Saga, book 8

Ascension Saga, book 9

Destiny: Ascension Saga - Volume 3

Other Books

Their Conquered Bride

Wild Wolf Claiming: A Howl's Romance

CONTACTER GRACE GOODWIN

Vous pouvez contacter Grace Goodwin via son site internet, sa page Facebook, son compte Twitter, et son profil Goodreads via les liens suivants :

Abonnez-vous à ma liste de lecteurs VIP français ici :
bit.ly/GraceGoodwinFrance

Web :
https://gracegoodwin.com

Facebook :
https://www.visagebook.com/profile.php?id=100011365683986

Twitter :
https://twitter.com/luvgracegoodwin

Goodreads :
https://www.goodreads.com/author/show/15037285.Grace_Goodwin

Vous souhaitez rejoindre mon Équipe de Science-Fiction pas si secrète que ça ? Des extraits, des premières de

couverture et un aperçu du contenu en avant-première. Rejoignez le groupe Facebook et partagez des photos et des infos sympas (en anglais). INSCRIVEZ-VOUS ici :
http://bit.ly/SciFiSquad

À PROPOS DE GRACE

Grace Goodwin est journaliste à USA Today, mais c'est aussi une auteure de science-fiction et de romance paranormale reconnue mondialement, avec plus d'un MILLION de livres vendus. Les livres de Grace sont disponibles dans le monde entier dans de nombreuses langues en ebook, en livre relié ou encore sur les applications de lecture. Ce sont deux meilleures amies, l'une qui utilise la partie gauche de son cerveau et l'autre qui utilise la partie droite, qui constituent le duo d'écriture récompensé qu'est Grace Goodwin. Toutes les deux mamans, elles adorent faire des escape games, lire énormément, et défendre vaillamment leurs boissons chaudes préférées. (Apparemment, elles se disputent tous les jours pour savoir ce qui est le meilleur : le thé ou le café?) Grace adore recevoir des commentaires de ses lecteurs.

www.ingramcontent.com/pod-product-compliance
Lightning Source LLC
LaVergne TN
LVHW011821060526
838200LV00053B/3861